KB246094

천하 장주

FANTASTIC ORIENTAL HEROES

목염 新무협 판타지 소설

천하장주 4

목염 新무협 판타지 소설

초판 1쇄 찍은 날 § 2013년 10월 17일
초판 1쇄 펴낸 날 § 2013년 10월 24일

지은이 § 목염
펴낸이 § 서경석

편집부장 § 권태완
편집책임 § 정수경

펴낸곳 § 도서출판 청어람
등록번호 § 제1081-1-89호
등록일자 § 1999. 5. 31
어람번호 § 제2-2411호

주소 § 경기도 부천시 원미구 심곡2동 163-2 서경B/D 3F (우) 420-822
전화 § 032-656-4452 팩스 § 032-656-4453
http://www.chungeoram.com
E-mail § chungeoram@chungeoram.com

ISBN 978-89-251-3519-9 04810
ISBN 978-89-251-2725-5 (세트)

[완결]

목염 新무협 판타지 소설

FANTASTIC ORIENTAL HEROES

천하장주

目次

第一章 집 떠나면 고생이야

天下莊王 천하장추

하루도 조용할 날이 없는 곳이 바로 강호다.

사람들의 부러움을 사는 혼인부터 새로운 탄생을 축하하는 일이 생겨나고, 무림을 짊어질 후기지수나 기라성 같은 고수의 등장에 흥분되는 소문이 들려오기도 한다. 그러나 기쁜 소식이 있는가 하면 다양한 은원관계로 칼부림이 일어나 사람이 죽어 나가는 살벌한 소식이나 문파 간의 분쟁 이야기 역시 끊임없이 들려오곤 했다.

이렇듯 무수한 소식과 소문이 끊이질 않는 강호에서 요즘 들어 가장 이목이 집중되는 곳은 단연 호남성 악양에 위치한 천하장이다.

남궁세가를 시작으로 검존 그리고 천명왕까지. 천하장을 찾는 방문객은 하나같이 대단했고, 그곳에서 벌어진 일들은 호사가들의 숨을 죽이게 할 정도로 굵직굵직한 것들이 많았다.

　자연히 천하장을 향해 귀를 쫑긋 세우거나 눈을 크게 뜨는 사람들 또한 하나둘 많아졌다.

　천명왕이 돌아가고 한동안 잠잠했던 천하장.

　그 천하장의 문이 활짝 열렸다.

　그리고 바깥출입이 거의 드물던 천하장주가 일행들을 대동한 채 직접 움직이기 시작했다.

　세인들은 천하장주의 행보에 큰 관심을 보였다.

　과연, 그들은 어디로 가는 향하는 것일까?

　그 궁금증은 그들이 천하장을 나선 지 나흘 만에 밝혀졌다.

　산서성 태원.

　정천맹의 총단이 있는 그곳으로 향한다는 소문에 사람들의 초점은 이제 머지않아 열릴 군웅대회에 맞추어졌다.

　군웅대회.

　정천맹의 가장 큰 행사인 군웅대회에 사람들의 이목이 쏠리기 시작했으니.

　　　　　*　　　*　　　*

쿵쿵쿵.

요란한 소리가 연일 태원부의 중심가에 위치한 장원 안에서 들려왔다. 일반 장원을 네 개 합친 것만큼이나 방대한 장원에는 시선이 저절로 위로 갈 정도의 고루거각들이 우뚝 서 있었다.

이곳 산서성에 사는 사람뿐만 아니라 허리춤에 병장기깨나 차고 있는 사람치고 이 장원의 이름을 모르는 사람은 없었다.

무림세가들의 상징이자 곧 힘인 정천맹.

바로 정천맹의 총단이 당당히 태원부의 중심가에 세워져 있었다.

정천맹 총단은 으리으리한 규모만큼이나 안에서 생활하는 무사의 숫자가 천여 명을 육박했다. 또한 하루에도 몇백 명이나 되는 사람이 총단을 왕래하니 그 위세는 다른 정도련이나 사황성, 그리고 마교에 뒤지지 않았다.

최근 들어 정천맹을 찾는 군웅의 숫자가 점점 더 많아지고 있었다. 총단이 있는 주변의 객잔과 주루가 북적였고, 주변의 저잣거리에 넘쳐나는 인파로 인해 유난히 시끌벅적했다.

이게 다 군웅대회가 임박한 탓이었다.

오늘도 목재들이 총단 안으로 들어가고, 인부들이 수시

로 들락날락거리기 바빴다. 이미 안에서는 각종 단상들을 세우고, 연무대가 하나둘 늘어났다. 또한 이전의 전각들을 보수하고, 새로이 전각을 늘려 숙소를 만드는 등 끊이질 않고 탕탕거리는 소리가 들려왔다.

겉으로 드러난 총단의 변화가 요란하고 화려한 것에 비해 정작 군웅대회를 준비한 정천맹 총단 내부에서는 묘한 긴장감이 흘렀다. 정천맹 네 개 단의 무사들이 수시로 총단 내부를 돌며 경계태세를 강화했고, 군웅대회를 참가하기 위해 몰려든 장원이나 세가들의 자격 심사를 진행하고 있었다.

아직 대회가 보름 가까이 남았지만, 총단에서 상대적으로 멀리 떨어진 세가들을 비롯해 평소 왕래가 잦은 팔대세가의 몇몇 가문은 미리부터 총단에 들어와 있었다.

총단의 내원 깊숙이 자리 잡은 오 층 크기의 전각.

그 전각의 삼 층에 위치한 다과실에서 팔대세가의 몇몇 가주가 화기애애한 분위기로 담소를 나누고 있었다.

"이번에 맹으로 오면서 보아하니 태원에 발 디딜 곳이 없을 정도로 사람이 바글바글하더이다."

"확실히 군웅대회에 몰려든 사람들이 이전보다 많아졌고, 그 규모도 커지긴 했지요. 이게 다 맹주님의 역량 덕분이 아니겠습니까?"

진주언가의 가주 언양심이 꺼낸 화두에 서문세가의 사주

인 서문중달이 적당히 그 말을 받으며 정천맹주인 공손휘를 치켜세웠다.

만면에 웃음기 어린 얼굴로 좌중을 둘러보는 그의 뻔뻔함에 다른 가주들은 차마 인상을 쓰지 못하고, 어색한 미소로 하나둘 동조하느라 바빴다.

"하하하, 옳으신 말씀입니다."

"저 역시 그렇게 생각하고 있습니다."

하지만 그들의 웃는 얼굴과 달리 눈매는 사납게 서문중달을 노려보고 있었다.

'이 얍삽한 놈이.'

'감히 선수를 쳐?'

서문중달의 말에 가주들이 불편한 심기를 드러내고 있는 사이, 황보세가의 가주인 황덕칠도 지지 않고 공손휘를 찬양하기에 나섰다.

"그렇고말고요. 맹주님이 육 년 동안 맹을 지탱해 오셨다고 해도 과언이 아니지요. 전 이번 군웅대회의 우승 또한 공손세가가 따 놓은 당상이라고 생각이 듭니다."

"암요, 어쩜 황보가주께서는 당연한 말씀을 당연하게 하십니다그려."

사천당가의 가주 당우진도 황덕칠의 말에 동의를 구하는 것 같았지만, 그의 말속에는 가시가 잔뜩 돋아 있었다.

"허허허, 그런가요?"

허공에 교차된 황덕칠과 당우진의 눈빛에서 번갯불이 일었다.

'아주 헛바닥에 독을 물고 사는구나.'

'곰 같은 놈이 헛바닥은 아주 뱀이야.'

이에 처음 말을 꺼내놓고 눈치만 살피던 언양심이 다시 그들 사이에 끼어들었다.

"어허, 두 분도 참. 그리 대놓고 말씀하시면 맹주님께서 무안해하시잖습니까?"

"어이쿠, 이거 생각이 짧았습니다."

"그거야 누구 하나 부정할 수 없는 사실… 크흠."

다시 세 사람의 눈빛이 허공에서 뒤엉켰다.

그러나 그들이 그렇게 치켜세우는 당사자인 공손휘는 정작 반응이 없었다. 상석에 앉아 있는 그의 얼굴은 시종일관 무표정했다. 과연, 그가 지금 이 자리에서 나오는 대화에 참여를 하고 있는지 의심이 들 정도였다.

네 명의 가주는 공손휘에게 서로 더 잘 보이기 위해 경쟁을 하느라 이 점을 미처 눈치채지 못하고 있었다. 그나마 이제껏 묵묵히 듣고만 있던 제갈세가의 가주이자 정천맹의 군사인 제갈문만이 공손휘의 미간 사이에 주름이 잡혀 있는 걸 알아차렸다.

제갈문이 공손휘에게 조심스레 물었다.

"맹주, 무슨 근심이라도 있으십니까?"

이제야 다른 가주들도 공손휘를 힐끔 살피고는 분위기를 파악했다. 평소에 워낙 말수가 적은 공손휘인지라 그들은 뒤늦게 공손휘를 힐끔 살피며 입을 닫았다.

평소보다 딱딱하게 굳어 있는 공손휘의 얼굴에 그들은 괜히 헛기침을 하거나 걱정스러운 표정을 짓기 시작했다.

"크흠흠."

"크음."

"흐음, 어쩐지 맹주님의 안색이 안 좋아 보이십니다. 혹 피곤하신 건 아니신지…….'"

그들의 시선이 상석에 앉아 있는 공손휘에게 몰렸다.

하나같이 그를 걱정하는 얼굴과 눈빛에 공손휘는 특유의 미소로 화답했다.

"허허, 난 괜찮소. 이렇게 신경을 써주셔서 감사하외다."

"아이고, 아닙니다."

"응당 해야 할 일이지요."

"맹주님을 보필하는 일이 저희 가주들의 역할이나 다름이 없습니다."

공손휘는 저들의 이런 걱정이 썩 달갑지가 않았다. 저들의 눈빛과 말이 하나같이 가식적이고 형식적이라는 것을 이미 잘 알고 있었다.

'이번 군웅대회에서 맹주 자리에 물러난다면…….'

저렇게 살가웠던 저들은 마치 승냥이가 되어 자신을 물

어뜯을 것이 분명했다.

삼 년에 한 번씩 다가오는 군웅대회는 기회의 장임과 동시에 있는 자에게는 그걸 지키기 위한 시험의 장이기도 했다.

이미 육 년 가까이 정천맹주로서 누렸던 이 달콤한 권력을 양보하거나 물러날 마음이 없었다.

그는 어떻게든 이 자리를 유지해야 한다는 생각이 확고했다. 물론 지금의 가주들에 비해 그의 무위는 월등했다. 과거에 그와 비슷한 수준이라고 평가받던 남궁무진도 이제 그의 적수가 되지 못했다.

군웅대회를 할 때마다 가장 큰 변수였던 검존에 대한 예방책도 이미 대회의 형식을 변경해 크게 문제가 되지 않았다.

다만 그를 고민에 잠기게 하는 것은 따로 있었으니,

'천하장……'

며칠 전 도착한 보고 내용에 따르면 천하장의 장주인 능사운을 비롯해 그의 일행들이 천하장을 나섰다고 한다. 그들의 목적지는 다름 아닌 이곳 정천맹으로, 정확히 말해 군웅대회에 참석하기 위해 오고 있다는 것이었다.

제갈문은 정천맹 군사로 공손휘 곁에 다른 가주들보다 훨씬 오래 있었기에 그가 애써 웃어넘긴다는 사실을 알 수 있었다. 또한 그의 고민이 무엇인지도 짐작해 낼 수 있었다.

'공손휘를 저리 긴장하게 만들다니… 과연 천하장주는 보통내기가 아니로군.'

정천맹이라는 거대한 산 위에 공손휘와 남궁무진이라는 거대한 두 호랑이가 다툼을 벌이는데, 소문만 무성한 호랑이 한 마리가 나타난 격이었다.

제갈문이 생각을 정리한 끝에 입을 열었다.

"맹주, 드릴 말씀이 있습니다."

"허허, 말씀해 보시구려."

"이번 군웅대회에 처음 참석하는 천하장 일행을 마중할 수 있는 사절단을 보내심이 어떠하신지요?"

"사절단을 말이오?"

일순간 공손휘의 눈매가 가늘어졌다가 다시 둥글게 휘어지면서 웃음기 어린 눈으로 제갈문을 바라보았다. 다른 가주들도 공손휘와 제갈문 사이를 숨죽여 지켜보며 '천하장'이라는 말에 귀를 쫑긋 세웠다.

"아직 그들이 군웅대회에 오는 목적은 파악이 되지 않았습니다. 짐작이 가는 부분도 있으나… 아직은 모르는 거지요. 어쨌든 천하장이 군웅대회에 참석한다는 것은 다른 세력이 아닌 저희 정천맹 쪽을 선택했다고 조심스럽게 생각이 듭니다."

"흐음."

"무엇보다 이제까지의 소문에 대한 진위 여부를 파악할 수 있는 좋은 기회이고, 정말 천하장주가 검존과 필적할 무위를 가지고 있다면 그와 적보다는 친구가 되는 편이 더 좋을까 생각이 듭니다."

다른 가주들의 머리가 빠르게 회전하기 시작했다. 그들도 노련한 노강호로 공손휘가 천하장에 신경을 쓰고 있다는 사실을 하나둘 눈치챘다.

제갈문 못지않게 지략이 뛰어난 서문중달이 가장 먼저 입을 열었다.

"저 역시 제갈가주와 생각이 같습니다. 일단 천하장이 이곳 군웅대회에 오는 목적을 파악하는 것이 우선인 것 같습니다. 하여, 소수로 이루어진 사절단을 보내 그들의 의향을 파악하는 것이 먼저일 것 같습니다."

"맞습니다. 그 목적이 좋은 것이라면 손을 내밀어야겠지만, 불순하다면 과감히 처리를 해야 한다고 봅니다."

당우진이 냉랭한 어투로 동조하고 나섰다. 그리고 그 뒤에 다른 가주들도 피차 같은 의견을 꺼내들었다.

언뜻 공손휘를 생각하여 힘을 보태겠다고 하지만, 새로운 호랑이의 힘을 알아보고 언제 어찌 변할지 모르는 이중적인 태도였다.

공손휘는 수염을 천천히 쓸어내렸다.

'지금은 장단을 맞추어주도록 하지.'

"여러 가주님들의 생각이 그러하시다면 그러도록 하십시다. 단, 각 가문에서 한 명씩을 선발해 보내는 편이 좋겠소."

"알겠습니다. 그럼 사절단을 꾸리도록 하겠습니다."

그 말이 떨어지기 무섭게 가주들이 서로를 노려보며 기싸움을 펼쳤다. 아무래도 한 명씩 선별해 보는 것이라 각 가문의 뛰어난 후기지수들을 보낼 공산이 컸다.

공손휘는 가주들을 향해 흘러가는 말로 조용히 경고를 했다.

"그들이 우리와 생각이 같다면, 군웅대회를 빛내주는 것도 나쁘지 않겠지요. 하나 다른 생각이 있다면 차라리 군웅대회에 오지 않는 편이 좋을지도……."

*　　　*　　　*

석가여래께서 말씀하시길, 옷깃만 스쳐도 인연(因緣)이라고 하셨다. 이 드넓은 중원 땅에서 무수한 사람이 스치듯이 서로를 지나친다. 그중에는 아는 사람보다 생면부지의 사람을 만날 확률이 더 높다.

한 번 마주친 상대를 다시 만났을 때는 우연일지 모른다. 그러나 그 상대를 또 한 번 만나고, 다시 우연히 만나게 된다면 그때부터는 그것이 우연에 의한 인연일지, 혹 필연에 의한 인연일지 의심해 볼 필요가 있지 않을까?

종리현은 불쑥 그런 생각이 들었다.

곤륜파를 나와 난생처음 홀로 중원을 가로질러 호남성까지 가는 여정 속에서 많은 사람을 만나보고 겪어 보았다.

그는 의창에서 배를 탔다가 우연히 객잔에서 파락호들을 깔끔히 처리하던 삿갓녀가 자신과 같은 선상 위에 있음을 알게 되었다.

그러나 삿갓녀에게서 워낙 냉랭한 기운이 감돌아 아무도 그 주위에 갈 엄두를 내질 못했다.

종리현 역시 섣불리 말을 걸지 못했다. 그렇게 의도(宜都)에서 배는 멈추었다. 다시 강을 따라 지강(枝江)으로 가는 배에 올라탔다. 그리고 또 삿갓녀와 같은 배에 동승을 하게 되자 그녀와 친구가 되어야겠다는 생각이 들었다.

배의 선미.

시원한 강바람을 맞으며 서 있는 삿갓녀의 자태에서 고고한 기품이 흘렀다. 얼굴을 삿갓에 가린 그녀의 분위기가 신비로워 보였다.

사내들은 본능적으로 그녀 쪽을 힐끔거렸다. 그러나 용기를 내어 선뜻 그녀에게 다가서는 사람은 없었다. 다만 바람에 삿갓이 벗겨질지 모른다는 기대 어린 눈빛으로 그녀를 훔쳐볼 뿐이었다.

종리현은 그들을 헤치고 그녀에게 걸어갔다.

"하하하, 반갑소이다. 또 이렇게 뵙게 되다니, 이거 참 기묘한 인연인 것 같소."

"……."

삿갓 여인은 종리현의 호쾌한 웃음소리에 어떠한 반응도 보이질 않았다. 처음 그대로 배 아래쪽에 만들어진 물길을 바라보고만 있었다.

한마디로 철저한 무시였다.

종리현은 머쓱하게 머리를 긁적였다. 객잔에서부터 봐온 그녀는 아무래도 대화를 그리 즐기는 편이 아닌 듯했다.

그러나 말벗이 없는 종리현이 곧 심심함을 이기지 못하고 재차 말을 걸었다.

"하… 하, 어쩌다 보니 계속 같은 배를 타고 가는데… 실례가 되지 않는다면 어디까지 가시는 것이오? 참고로 난 호남성 악양까지 간다오."

"……."

그녀는 여전히 말이 없었다.

하지만 호남성 악양이란 말에 처음으로 그녀의 삿갓이 강 쪽이 아닌 종리현 쪽으로 향했다.

종리현은 그녀가 반응을 보이자 씩 웃다가 가슴 언저리가 서늘해짐을 느끼고, 반사적으로 내기를 끌어 올렸다.

'…나보다 훨씬 더 고수다.'

삿갓에 가려진 그녀의 눈이 뱀처럼 그의 몸 여기저기를

조여오는 것 같은 기분을 떨치기 어려웠다.

둘 사이에 묘한 침묵이 흘렀다.

서로가 서로를 말없이 지켜보며 둘 사이에 말 대신 다른 대화가 이루어졌다.

'누구냐?'

'그러는 당신은 누구요?'

그 기세가 남달라 둘을 지켜보던 이들이 주춤주춤 물러났다. 급기야 선미에는 두 사람을 제외하고 아무도 남지가 않았다.

둘 사이의 팽팽한 균형은 삿갓녀가 한 발자국을 움직이면서 깨지기 시작했다.

'윽!'

종리현은 이전과 비교도 안 되는 무언의 기운이 짓누르자 더 이상 버틸 재간이 없었다. 결국 한쪽 무릎을 꿇고야 말았다.

삿갓녀의 입이 달싹였다.

"어디 소속이지?"

"…크으, 소속이라니?"

"어떤 놈의 개냐고 물었다."

얼음 위에 물방울이 흐르는 것같이 차가운 목소리에 종리현은 이를 꽉 깨물고 대답했다.

"무, 무언가 착오를 한 모양인데… 난 대 곤륜의 제자란 말이오!"

"곤륜?"

삿갓녀, 백서린은 의외의 대답에 멈칫했다.

그녀는 눈앞의 종리현이 마교에서 보낸 첩자 중에 한 명일 것이라 생각을 했다. 객잔에서부터 알게 모르게 같은 배에 탄 것도 자신을 감시하려는 목적이라 확신했다.

그런데 마교도가 아닌 곤륜파의 문도라니?

종리현은 이렇게 된 거 사실대로 자신의 신분을 밝히기로 했다.

"그렇소. 곤륜파의 이대제자 종리현이라고 하오."

"흐음."

이 말로는 진위 여부를 파악할 수 없었다.

백서린은 경계심을 풀지 않고 종리현에게 물었다.

"증명할 수 있나?"

"물론이오."

종리현이 품속을 뒤적여 곤륜파의 상징인 옥패를 찾을 무렵, 이상하게도 배의 속도는 현저히 느려지고 있었다. 그리고 종리현이 품 안에서 옥패를 꺼내 들 때, 배의 속도가 느려진 원인이라고 할 수 있는 것이 밝혀졌다.

피이잉.

미약한 소리가 점점 커지기 시작했다. 공기를 찢는 파공음이 귓가에 들렸을 때에는 이미 화살 하나가 예고도 없이 날아온 뒤였다.

그녀가 가볍게 몸을 틀어 화살을 피하기 무섭게 각종 암기들이 무차별적으로 날아 들어왔다.

"으아아아!"

"사, 살려줘."

이어서 끔찍한 비명 소리와 함께 파육음 소리가 선상을 가득 메우기에 이르자 더 이상 한가로이 있을 수만은 없었다.

당장에 날아드는 암기들을 쳐내기 위해 그녀도 종리현도 몸이 바빠졌다.

사방을 점하고 날아오는 화살들을 백서린이 검집으로 묵묵히 쳐내는 데 반해 종리현은 자신을 짓누르던 기운이 사라지자 표홀한 몸놀림을 선보였다. 암기들을 타고 공중으로 날아오른 그의 몸이 비조처럼 날렵했다.

종리현이 암기의 비속을 피해 바닥에 착지했다.

"이제야 믿으시겠소?"

백서린은 고개를 살짝 끄덕이고는 검집으로 화살 하나를 툭 건드렸다. 그러자 화살이 중도에 방향이 바뀌어 막 배로 기어 올라오던 수적의 정수리에 꼽혔다.

"크악."

한동안 쏟아지던 화살과 암기 세례가 잠잠했다. 대신에 장강수로채를 상징하는 깃발을 단 거대한 배 한 척이 떡하니 그들의 앞을 가로막았고, 선상은 수적들로 가득 찼다.

이미 십여 명 남짓한 사람이 피를 흘리고 바닥에 쓰러져 있거나 강으로 내던져져 있었다.

처음에 배를 타고 출발한 사람 중 이제 남아 있는 사람이라곤 백서린과 종리현, 그리고 배의 선장과 두어 명의 선원이 전부였다.

선장 남철이 덜덜 떨면서 수적들을 향해 말했다.

"이미 통행세는 드, 드렸……."

"받기야 받았지. 그런데 불청객을 태웠더군."

"그, 그럼……."

애꾸눈의 사내, 장강수로채 소속 해마단(海馬團)의 단주 독고양이 음산한 눈으로 백서린을 위아래 훑어 내렸다.

"추가로 통행료를 더 내든지, 아니면 불청객을 내줘야겠지."

결과적으로 백서린으로 인해 벌어진 일었다.

백서린은 이미 이런 일이 벌어질 수 있다고 예상했던 터라 덤덤했다.

육지가 아닌 강에서 노리다니.

'…제법 머리를 썼네.'

수적들을 처리하는 건 문제가 되지 않았다.

다만, 배를 조종할 사람이 없다는 것이 문제가 되었다.

"일단 추가 경비를 받아……."

"사, 살… 크악."

"제, 제발… 커헉!"

"크아악!"

"…볼까. 이런, 이런."

이제 승객은 단 두 사람이었다.

백서린이 처음으로 먼저 입을 열었다.

"개인 일에 딴 놈을 끼고 싶지 않다."

"호오, 냉혈한이라 들었는데 일말의 자비심이 있는 모양
이로구나. 혹, 정인이라도 되는 것이냐?"

독고양의 이죽거림에도 백서린은 쉬이 흥분하지 않았다.
대신에 한층 더 싸늘해진 눈으로 독고양을 쏘아보았다. 이
살얼음판 같은 사이에 종리현이 머리를 긁적이며 끼어들었
다.

"저 낭자를 곤란하게 하지 마시오. 미리 밝히지만, 난 곤
륜의 제자요."

"흐음, 곤륜…?"

말끝을 흐리는 독고양의 눈이 가늘어졌다.

"그 변방 나부랭이가 무슨 볼일로 예까지 오셨을까? 정
말 곤륜파의 제자가 맞나?"

대놓고 곤륜을 깔보는 말투에 평소 웃는 낯짝만 보이던
종리현의 얼굴이 무섭게 일그러졌다.

그리고 그의 몸이 연기처럼 희미해지더니 어느새 독고양

앞까지 이르러 있었다.

"이—노옴!"

뒤늦게 그의 기척을 알아챈 독고양이 손을 뻗어 대응을 했다.

무서운 신법에 비해 종리현의 주먹은 가벼웠다.

종리현과 독고양은 짧은 순간 몸의 대화를 통해 서로를 어느 정도 파악할 수 있었다.

"크하하핫. 신법 하난 귀신같군. 역시 썩어도 준치란 말이 맞아."

"……."

"이봐, 운이 좋군. 곤륜의 애송이 따위랑 볼일 없으니 그만 가봐도 좋다."

독고양은 자신을 향해 건방지게 달려든 그를 그냥 보내주기로 했다. 종리현의 실력이 어쨌든 일단은 곤륜파의 제자였고, 곤륜 뒤에는 정도련이라는 배경이 있었다. 단주인 그의 독단으로 함부로 움직일 수 없었다.

"야두, 배를 내어줘라."

그의 옆에 있던 수하가 다시 다른 수하에게 손짓을 했다. 그러자 작은 배 한 척이 배 쪽으로 다가왔다.

"가보슈."

야두의 말에 종리현은 움직이질 않았다.

"뭐해? 빨랑빨랑 꺼지지 않고. 뒈지고 싶은 건가?"

종리현은 독고양의 서슬 퍼런 기세에도 코웃음을 치더니 백서린 쪽을 바라보았다.

"어디까지 가시오?"

뜻밖의 그의 행동에 백서린의 고개가 종리현 쪽으로 살짝 돌아갔다.

'귀찮아.'

"가라."

"하하, 이거 섭섭하게 어딜 자꾸 가란 것이오? 내가 증명을 했으니, 처음 질문에 답을 해주셔야 하지 않겠소이까?"

독고양은 자신의 마지막 호의를 거들떠보지도 않고, 백서린과 한가로이 대화를 나누는 종리현으로 인해 얼굴이 벌겋게 달아올랐다.

"이… 이놈이! 뒈지고 싶어 환장을 했구나. 저년은 생포하고, 저놈은 고기밥으로 주어라."

"예!"

해적들이 병장기를 갖추고 그들을 조여왔다.

백서린은 이때까지도 멀뚱히 서서 자신을 바라보는 종리현이라는 사내를 이해하기 어려웠다. 확실히 정파의 사람은 어딘가 자신과 다르다는 생각이 들었다.

한가로이 그런 생각을 할 겨를도 없을뿐더러 그녀는 철저히 그를 무시했다.

"하하, 이거 참 섭섭하네. 뭐, 어쨌든 대화할 여유가 없으니 끝나고 들어봅시다."

종리현은 마주 오는 장한에 일권을 내지르며 나아갔다. 이어서 백서린도 검을 고쳐 잡고 앞으로 도약했다. 그녀의 검이 번쩍하는 순간 두 명의 수적이 볏짚처럼 쓰러져 내렸다.

검을 휘두르는 그녀의 뇌리에 문득 떠나기 전에 그의 조부인 백리단이 했던 말이 떠올랐다.

인석아, 마냥 좋으냐? 그래도 알게 될 것이다. 집 떠나면 개고생이라는 걸. 껄껄껄.

그냥 흘러들었던 말이 묘하게 맞아 떨어졌다.

백서린의 검이 지체 없이 수적을 반으로 쩍 갈라 버리며 나아갔다. 만만치 않은 그녀의 공세에 독고양의 얼굴에 처음으로 긴장한 빛이 감돌았다.

"더 불러라, 애들을 더 불러."

차륜전으로 갈 모양인지 끊임없이 수적들이 불나방처럼 그녀에게 달려들었다.

어쩌면 이게 백리단의 말처럼 개고생일지 몰랐다.

그녀가 이렇게 고생을 하며 얻으려는 것, 그곳이 있는 호남성 악양으로 가는 길이 그리 순탄치만은 않았다.

여기 집을 떠나 개고생을 하는 사람들이 또 있었으니, 관도 위로 먼지바람을 일으키며 마차 한 대가 달리고 있었다. 아니, 마차(馬車)가 아니라 인차(人車)라고 해야 정확한 표현일지도 몰랐다. 누런 흙먼지가 자욱하게 피어오르는 마차 앞쪽, 말이 묶여 있어야 할 자리에 사내 둘이 마차를 끌고 있었다.

흙먼지를 뒤집어써 모래인간을 연상케 하는 두 사내는 누가 더 못생겼는지 시합을 하는 것처럼, 오만상을 찌푸리고 침을 질질 흘리며 앞으로 꾸역꾸역 달려 나갔다.

관도 위를 달리는 인차는 단연 사람들의 이목을 집중시켰다. 말 대신에 사람이 마차를 끈다는 사실도 놀랐지만, 그보다 마차 주위에 말을 탄 무사들의 기세가 하나같이 범상치 않아 감히 마차 쪽으로 다가갈 엄두를 내지 못했다.

누구의 방해도 없이 마차가 관도 위를 질주하기를 그렇게 한 시진이 흘렀다. 처음과 달리 마차의 속도는 현저하게 떨어져 있었다.

마차를 끌고 있는 두 사내, 남궁진상과 황덕칠은 더운 여름날의 개처럼 혓바닥을 길게 내밀고 눈조차 뜨기가 힘든 건지 반쯤 감고 있었다. 그런 와중에도 그들의 발은 기계적으로 움직이고 있었다.

저 멀리 하늘 위로 매 한 마리가 언제부터인가 그들의 머리 위를 계속 선회하고 있었다.

마차 바로 옆에서 흑마를 타고 있던 유훌이 남궁진상과 황덕칠의 상태를 살피더니 조심스레 마차의 옆을 두드렸다.

똑똑.

마차 안에서 퉁명스러운 목소리가 들려왔다.

"왜?"

"장주님, 좀 쉬었다 가는 것이 좋겠습니다."

"아직 점심 전이잖아."

"…속도가 더뎌졌습니다."

"그래?"

곧 마차 안에서 부스럭거리는 소리가 들리는가 싶더니 능사운이 마부석으로 나왔다. 그의 등장에 마차를 끌던 남궁진상과 황덕칠이 거의 반사적으로 움찔거렸다.

능사운이 그들을 향해 물었다.

"힘드냐?"

남궁진상과 황덕칠의 입에서 튀어나오는 거친 숨소리와 함께 쥐어짜듯이 작은 목소리가 희미하게 들렸다.

"…조, 조금."

"헉, 헉."

그 소리를 똑똑히 들은 능사운이 피식 웃었다.

"힘들다? 아무렴 힘들겠지. 본래 말 두 마리가 끌어야 할 이두마차를 사람 둘이 끄는 건 보통 일이 아닐 테니까."

모처럼 능사운의 입에서 자신들을 생각해 주는 말이 튀어나오자 그들의 눈이 커졌다. 혹시 잘못 들은 것이 아닌가 싶어 두 사람은 멍하니 서로를 쳐다보았다.

'…뭐지?'

능사운은 굳이 그들의 얼굴 표정을 살피지 않아도 움찔거리는 그들의 등을 내려다보며 미소를 지었다.

"에효, 그래도 어쩌겠어? 네들이 그렇게 하고 싶다고 통사정을 했는데 매정하게 거절할 수도 없고 말이야. 나야 말리고 싶다만 네놈들의 의지와 강해지고 싶다는 열의를 생각해 차마 말릴 수가 없네."

언뜻 듣기에 걱정해 주는 그의 말에는 그들을 조롱하는 가시들이 숨겨져 있었다. 마음 같아서야 당장에 때려 치고 싶었지만, 그들은 울며 겨자 먹기로 눈물을 삼켰다.

'으으, 그럼 그렇지… 저 악귀!'

따지고 싶었으나 따질 수가 없었다. 능사운이 무서운 것은 둘째치고 그의 말은 정말 얄밉게도 틀린 것이 없었다.

황덕칠이 곁눈질로 남궁진상을 쏘아보며 이를 빠드득 갈았다.

'으, 씨발. 이게 다… 저놈 때문이야!'

이 일의 발단의 중심에는 남궁진상이 있었다.

천하장을 나와 처음 길을 나설 때만 해도 저 마차에는 두 마리의 말이 있었고, 그들의 등에는 그리 무겁지 않은 짐짝이 있었을 뿐이었다.

짧지 않은 여정을 그렇게 가고 있을 무렵.

남궁진상은 능사운이 자신의 가문을 위해 선뜻 군웅대회에 참석한다는 사실에 그를 보는 눈이 조금은 달라졌다. 하여 자존심을 한 수 접고, 군웅대회를 대비하기로 했다.

명목상 사부와 제자의 관계를 빌미로 능사운에게 무공을 배우려고 하였던 것이다.

"사부님, 제자에게 가르침을 내려주십시오."

능사운은 단칼에 거절했다.

"싫다. 귀찮아."

"제 사부님이시잖습니까?"

"아직은 아니야. 일단 군웅대회 끝나고."

"군웅대회에 참석하기 위해서라도 이 제자는 단련이 필요합니다. 도와주십시오."

"아, 새끼. 네깟 놈 백이나 있어도 도움 하나 안 되니까 찌그러져 있어. 요새 몸이 좀 편한가 보다?"

"그, 그것이 아니오라… 떠나기 전 조부님께서 제게 이르시기를 사부님께 저의 미흡한 부분을 최대한 채워 오라고 하셨습니다. 그리고 정천맹에 가게 되면 조부님께서 계실지도 모르는데……."

남궁진상은 말끝을 흐리는 한편 은근히 기대 어린 눈으로 능사운의 얼굴 표정을 살폈다. 그리고 검존까지 들먹이면서 능사운을 끝끝내 귀찮게 한 결과, 그의 마음을 돌리는 데 성공했다.

"좋아, 가르쳐 주지."

"감사합니다."

그것이 어떤 화를 불러일으킬지는 생각지 못하고 남궁진상은 당장에 밝은 표정을 지었다.

"난 중간에 포기하는 놈들이 싫거든. 자고로 남자는 근성이 있어야지. 가르침을 받다가 중도에 포기할 시에는 이대로 천하장으로 돌아간다. 어때? 이래도 배울 테냐?"

역시나 능사운의 입에서는 협박에 가까운 조건이 흘러나왔다.

만약 중간에 포기해서 능사운이 군웅대회에 참석하지 않게 되는 날에는 그토록 꿈꾸는 가문에는 평생 돌아가지 못할 수도 있다.

꿀꺽.

처음에 의욕 넘치던 것과 달리 남궁진상은 손톱을 깨물며 선뜻 대답을 하지 못했다.

"왜? 겁이 나면 포기하든가. 뭐, 못해도 팔절 애들이랑 비등하게 싸울 수 있을 정도까지는 도와주려고 했는데……"

능사운이 흘러가듯이 한 말에 남궁진상은 정신이 번쩍 들었다.

"파, 팔절이라니요? 제가 알고 있는 그… 강호팔절 말이십니까?"

"호들갑은, 그놈들 따위야 별것도 아니야. 거품이 좀 많아서 그렇지. 어차피 너야 상관없는 일이잖아. 귀찮게 하지 말고 저리 가라."

황덕칠은 남궁진상 옆에서 무심한 척 둘의 대화를 듣고 있다가 강호팔절이란 소리에 자신도 모르게 눈이 커졌다.

강호팔절이라 함은 강호의 신진 여덟 고수를 일컫는 말로 무림십왕의 밑이라 평가받지만, 팔절의 무위는 구파의 문주들과 버금간다는 소문이 오갈 정도로 명성이 자자했다. 특히나 정천맹에서는 공손세가의 장자인 공손유찬이 팔절에 속해 있어 다른 이들의 선망의 대상이 되곤 했다.

그런 팔절을 이길 수 있다는 말에 당연히 구미가 당길 수밖에 없었다.

'팔절과 동등한 위치에 오른다면, 조부님이나 아버님이 다시 나를 본가로 불러주실지 몰라.'

그렇게만 된다면 과거 남궁가의 대공자로서의 품위 있는 생활을 영위할 수 있게 된다. 무엇보다 이 지옥 같은 종살이에서 해방이 되는 것만 해도 감지덕지한 일일 것이다.

남궁진상은 그간 겪어본 바로 능사운이 저런 호의를 베

푸는 것이 달콤한 과실이 아닌 독버섯이라는 것을 예측할 수 있었다. 그러나 이미 강호팔절이라는 말과 그 이후의 일을 상상하느라 그의 뇌기능은 둔화된 상태였다.

능사운이 던져놓은 미끼를 남궁진상이 덜컥 물기 전에 이상한 고기가 한 마리 더 미끼를 노리고 달려들기 시작했다.

그 고기는 다름 아닌 황덕칠로 여태 모른 척 둘의 대화를 듣고 있다가 먼저 선수를 치고 나섰다.

"자, 잠깐만요!"

"뭐냐?"

"장주님. 그, 그 가르침 저한테도 좀 내려주시면 안 되겠습니까?"

"뭐, 너한테?"

능사운은 남궁진상이 아닌 황덕칠이 더 적극적으로 나서자 어처구니가 없기도 잠시, 새로이 걸려든 고기와 그 옆 남궁진상의 표정을 살피며 그 안의 악귀가 씩 미소를 짓기 시작했다.

'허어, 요놈 봐라?'

당장이라도 욕이 나올 거란 예상과 달리 능사운이 물끄러미 자신을 쳐다보자 황덕칠이 용기를 얻어 말을 이어갔다.

"그, 그렇습니다. 이왕 가르쳐 주실 거라면… 웁!"

그러나 그것도 잠시, 분개한 얼굴의 남궁진상이 손으로 황덕칠의 입을 우악스럽게 막아버렸다.

"시끄러! 어디 하인 놈 따위가 사부님에게 가르침을 청하려고 들어? 이걸 확! 그냥……."

"읍읍!"

"입 닥치지 못해. 지 분수를 알아야지."

"퉤퉤, 더러운 손이나 치워. 분수 같은 소리 한다. 너나 나나 다를 바가 뭔데? 엉?"

황덕칠의 말에 남궁진상이 발끈했다. 그는 과거에 남궁세가 소가주로서 가지고 있던 품위 따위는 온데간데없이 맨손으로 황덕칠의 멱살을 틀어잡았다.

"이 자식이!"

"쳐봐, 쳐봐."

팔대세가의 후기지수들이 맞는지 의심이 들 정도로 그들의 싸움 같지 않은 싸움에 지켜보는 이들이 눈살을 찌푸렸다.

그러나 능사운이 알듯 모를 듯한 미소를 짓고 있어 선뜻 불평을 늘어놓는 사람이 없었다.

물론 주소연이 한마디 했다.

"그냥 하인 놈들, 싹 다 잘라 버려."

흥분한 나머지 그 이야기를 못 듣고 열불을 내고 있는 그들 사이로 능사운이 중재에 나섰다.

'생각지 못하게 재미있게 되었군. 서고에 있던 비급을 알아보기엔 안성맞춤이겠어.'

"그만!"

내력이 실린 그의 목소리에 둘은 흠칫했다. 흡사 호랑이의 포효에 강아지 두 마리가 오금을 저리는 형상과 같았다.

꿀꺽.

둘은 이제야 분위기를 파악하고 마른침을 꿀꺽 삼켰다. 능사운을 힐끔힐끔 살피는 그들의 눈이 바람을 만난 것처럼 흔들렸다.

'이, 이러다가 무공은커녕 당장 쫓겨나면 어쩌지? 으, 이게 다 빌어먹을 황덕칠 때문이야.'

'이런 우라질.'

당장이라도 그동안과는 비교도 안 될 정도의 사악한 말들과 자비 없는 처분이 내려질 거라는 상상과 달리 능사운의 입에서는 의외의 말이 튀어나왔다.

"무공 그까짓 게 뭐라고 이리들 싸워. 생각 같아서야 다 내쳐 버리고 싶었지만, 흠! 내가 그리 매정한 사람도 아니고. 내 특별히 자비를 베풀어 둘 다 한 수씩 전수를 해주도록 하마."

"예에?"

"정말요?"

두 사람의 눈동자가 주먹만큼 커졌다. 그리고 턱이 빠질 정도로 벌려진 입에서 믿기지 않는다는 듯한 반응들이 튀어나왔다.

그것은 주변에서 이를 따분하게 지켜보고 있던 다른 천하장의 식솔들에게도 충분히 놀라운 일이었다.

당사자인 남궁진상과 황덕칠은 기연을 얻은 사람처럼 온몸을 부르르 떠는 것을 시작으로 눈물을 뚝뚝 흘리며 능사운에게 절을 연거푸 올렸다.

"아이고, 감사합니다."

"크윽, 자양주님. 충성을 다하겠습니다."

능사운의 알듯 모를 듯한 미소가 그들에게는 온화하게 비쳐졌으니. 이제 그의 말 한마디가 달콤하기까지 한 그들이었다.

"그만들 짜고, 나를 따라오너라."

"네, 넵."

"알겠습니다."

"오늘은 이곳에서 쉬었다 간다."

"알겠습니다."

유휼이 명을 받아 다른 호위들과 노숙할 자리를 찾기 시작했다.

마차에서 고개만 쏙 내민 주소연의 투덜거림과 말자의 의심 어린 눈초리가 능사운의 등을 쫓았다.

"칫, 내가 구경하고 가자고 할 때는 멈추지도 않았으면서."

"흐음."

그러거나 말거나 능사운은 둘을 데리고 관도에서 벗어난 숲으로 이끌고 들어갔다.

*   *   *

그 시각, 집을 떠나 고생길의 서막이 열린 사람들이 있었다.

명나라의 황제가 거주하는 자금성.

하루에도 많은 사람들이 오고가는 자금성의 입구에는 백여 명으로 보이는 일단의 무리가 질서정연하게 정렬해 있었다.

흑색의 갑주와 적색의 갑옷을 두른 그들은 딱 봐도 병사였다. 그런데 그들은 금의위가 아니고, 명 황실의 군사와도 달라 보였다.

일반 사람들과 달리 반쯤 벗겨진 머리와 꼿꼿하게 선 머리카락이 사람들의 이목을 끌었다. 머리에서 이어진 복장도 달랐으며, 무엇보다 신고 있는 신발도 일반적인 것과 달라 보였다.

그들의 정체는 왜군들이었다.

명나라에서 멀리 떨어진 왜국.

주소연과 혼담이 오고가던 왜국의 왕자 철영(명나라식 이름)이 혼례를 올리기 위해 직접 군대를 이끌고 왔다.

하지만 그가 왔을 때는 주소연이 이미 사라지고 없는 상태였다.

이에 왜국에서 수군의 총대장격인 사토가 거세게 항의를 하고, 국가 간의 신의와 앞으로의 교역 등을 들먹이며 불만을 토로했다.

명의 황실에서도 황제가 직접 사과를 하지 않았지만, 승상이 직접 나와 사죄를 하면서 그들을 달랬다.

혼담은 물 건너갔지만, 명나라 쪽에서 이번 일에 대한 사과의 의미로 철영이 흥미를 보이는 무공의 비급서를 비롯해 몸에 좋은 영약들을 제시해 다행히 일은 잘 마무리가 되는 듯싶었다.

하지만 왜국으로 돌아가야 할 날이 되어서 갑자기 왜국의 왕자 철영이 홀연히 혼자 자취를 감추고 말았다.

이에 왜군은 난리가 났다.

명나라를 오고가는 것은 뱃길을 잘 타야 하므로 시기가 중요했다. 이 시기를 놓치면 돌아가는 것이 오래 걸리기 때문이다.

그런데 그 시기의 당일에도 찾을 수가 없었다.

사토는 울며 겨자 먹기로 명에 소수 정예부대와 함께 나와 왕자 철영을 찾아야만 했다.

이 넓은 대륙에서 철영을 찾는 것은 만만치 않았다. 명 황실에서도 도움을 준다고는 하나 언제 찾을지 막막했다.

그렇게 왜국의 무사들과 사토는 왕자 철영을 찾아 중원 을 헤매기 시작했다.

第二章

기상천외한 무공

능사운은 본래 남에게 호의를 베푸는 것을 별로 좋아하지 않는다. 그에게 있어 남은 생을 함께 보내도 괜찮을 것 같은 존재들에게 서서히 마음을 연다. 물론 그 존재들이 가족이고, 친구가 된다면 그는 그들의 존재를 자신이라는 범주 안에 넣을 것이다.

능사운의 뒤를 따라오고 있는 남궁진상과 황덕칠은 능사운에게 무공을 배운다는 사실이 꿈인지 생시인지 감격에 찬 얼굴로 뒤처지지 않으려고 걸음을 바삐 놀렸다. 그러다가 둘의 어깨가 부딪히자 신경질적으로 서로를 노려보았다.

'이 천박한 하인 놈이.'

'할아버지 뒤나 핥는 놈이.'

과연 저 두 사람이 능사운에게 있어 남은 생을 함께 보내도 괜찮을 존재에 들어가는 것인가?

그 답은 능사운의 얼굴에 드러나 있었다. 귀찮은 기색이 역력한 그의 얼굴에는 눈썹이 미미하게 꿈틀거렸다. 굳이 뒤를 돌아보지 않아도 서로 투덕거리며 쫓아오는 둘의 존재에 대해 고민을 하고 있는 것이었다.

'그냥 다른 놈을 알아봐?'

능사운의 고개가 미미하게 흔들렸다.

'흐음, 그러기엔 또 귀찮아. 뭐 형님 얼굴을 생각해서 넘어가야겠다.'

능사운은 볼품없는 무기여도 그냥 몇 번 손에 잡아본 무기를 고쳐서 쓰기로 마음먹었다. 그 무기가 고치다가 부러져도 상관이 없다는 생각으로 귀찮음을 감수하기로 했다.

이런 능사운의 의중을 전혀 알 리가 없는 남궁진상과 황덕칠이 막 다섯 번째 어깨를 부딪쳤을 때즈음, 앞서가던 능사운이 뚝 멈추어 섰다.

"이쯤이면 되겠군."

능사운의 눈길이 둘을 향하자 그 둘은 언제 싸웠냐는 듯 공손한 자세로 초롱초롱 눈을 반짝이며 능사운을 올려다보고 있었다.

'에효, 멍청한 놈들. 기대를 너무 하잖아. 역시 세가에서 곱게 자란 놈들이라 바라는 것이 너무 많아. 세상에 쉽게 얻어지는 것은 없다는 걸 이번에 뼈저리게 알게 되겠지.'

앞으로 자신들에게 처해질 일이 어떤 건지에 대해 알고도 저런 표정을 지을 수 있을지 기대가 되었다. 한편으로 능사운은 그런 저들에게 약간의 미안함을 가졌지만, 그건 아주 잠시였다.

"시작하기에 앞서 내가 너희에게 가르쳐 줄 무공은 너희가 생각하는 여타 수준의 무공과는 다르다. 높은 경지에 단숨에 오르는 고수는 없다. 따라서 네놈들은 그 긴 노력을 단숨에 한다는 점에서 정말 힘들다. 물론 무공의 성취는 순전히 네놈들이 하기에 따라 달라진다. 자, 마지막으로 묻겠다. 이래도 할 테냐?"

능사운이 자꾸 그들에게 되묻는 것은 그들에게 가르칠 무공이 아직 확실히 검증된 무공이 아니라는 최소한의 양심에서 비롯되었다.

이를 알 리가 없는 두 사람은 서로를 힐끗 노려보더니 누가 먼저라 할 것도 없이 동시에 외쳤다.

"하겠습니다. 이 몸이 부서져 내려도 꾹 참고 견뎌낼 자신이 있습니다."

"하고말고요! 힘든 것 따위는 두렵지 않습니다."

둘은 천하장에서 생활하면서 이미 그들 인생에 있어 최

고로 힘든 나날을 보냈고, 유년기 때부터 세가 내에서 무공을 익히고 자라왔다는 자신감에서 무공을 배우는 것이 힘들어봤자 얼마나 힘들까 생각했다.

평소 친절하지 않던 능사운은 다른 경고도 없이 두 사람의 의견을 받아들였다.

"좋다. 그럼 시작하자."

"네, 사부님."

"넵! 장주님. 충성을 다하겠습니다."

두 사람의 힘 있는 대답에 능사운은 서서히 기억을 더듬었다. 천하장에 있을 때, 지하의 서고에서 봤던 그 괴이하고도 무시할 수 없는 무공에 대해 입을 열기 시작했다.

"무공은 말 그대로 무를 공부하는 것이다. 그 바탕에는 사람의 내적인 부분을 다스리며 채우는 내가공부, 즉 내공이 있다. 내공에 입문을 하면 그것을 표출하고 만들어낼 수 있는 외가공부인 외공을 익히게 된다. 이 공부가 가지는 성질에 따라 무공을 분류하기도 하지. 흔히 정파, 마교, 사파 등의 분류는 여기서 기초로 한다고 할 수 있다."

남궁진상과 황덕칠은 능사운의 이야기를 하나라도 놓치지 않기 위해 집중하고 있었다. 능사운 정도 되는 고수가 하는 말은 본래 심오한 내용으로 쉬이 깨닫기 어렵다는 소리를 주변에서 들어본 적이 있다. 능사운이 전해주는 이 심득에서 반절만 깨우쳐도 비약적인 발전이 있을 거란 기대가 컸다.

'엥?'

'어?'

그런데 그의 이야기는 그들의 상상과 조금씩 엇나가기 시작했다. 기초가 되는 내용이야 흔히 고수들이 뜸을 들이는 그것과 같다고 생각하지만 시간이 지나도 그 내용이 이미 알고 있는 것과 크게 다르지 않았다.

"이런 무공을 그냥 수긍하고 익히는 무인이 대다수다. 무림오존이나 자신이 익힌 무공의 정점에 오른 자들만이 이 틀이 형식적임을 자각하고, 깨기 위해 노력을 한다. 그 틀이 깨지는 걸 도교에서는 우화등선(羽化登仙)이라 하나, 마인들은 탈마(脫魔)라고 하지. 그럼 무공의 형식을 깨는 것이 고수인지 의문이 들 수 있다. 그건⋯⋯."

무공에 대한 이야기이지만, 무공을 어떻게 배우는지 어떤 유의 무공인지보다는 무공에 대한 큰 범주의 이야기가 길어질수록 남궁진상과 황덕칠은 슬슬 지루한 표정을 지었다.

'하암.'

'대체 무공은 언제 가르쳐 주는 거야?'

하품을 참기 위해 허벅지를 꼬집던 두 사람의 눈가에 눈물이 그렁그렁 맺히고 나서야 능사운은 무공에 대해 언급을 했다.

"이런 생각에서 이 무공이 비롯되었다고 한다. 네들이 이 무공을 배우기 위해서는 방금 전에 내가 했던 이야기에 대해 고민을 해보도록 해라."

"암~ 네. 알겠습니다."

"네, 넵."

"지금으로부터 삼백 년 전에 스스로를 허무자(虛無子)라고 칭한 사람이 있었다. 그 사람의 본명(本名)이나 출신지에 대해서는 세인들도 알아내지 못했다. 그런 무명 고수의 등장에 강호는 술렁거렸지. 그로부터 삼 년 후, 당대에 이르러 적수가 없었다는 점에서 그가 말년에 남긴 무학(武學)을 얻기 위해 많은 피바람이 불었다. 그러나 아무도 그의 무학을 찾아내지 못했다. 그가 익힌 무공에 대한 심득을 남겨놓지 않았을뿐더러 죽기 전에 창안한 무공이 어떤 무공이었는지 아는 사람이 없었기 때문이지."

꿀꺽.

삼백 년 전에 무공 수준이 어떠했는지 모르지만, 오래전에 천하제일 고수였던 사람이 남긴 무공을 배운다는 사실에 졸음이 달아났다. 다시 능사운의 입을 뚫어지게 바라보며 귀를 쫑긋 세웠다.

"우연히 그가 남긴 비급서를 찾게 되고 나서야 비로소 다른 이들이 찾지 못한 이유를 알겠더군. 바로 이 무공이 무공이면서 무공 같지 않은 무공이기 때문이다. 비급서를 발

견한 사람들은 하나같이 이것이 무공일 리가 없다는 생각
에 관심조차 가지지 않았다는 거지."

"예에?"

"그, 그게 무슨 말씀이신지?"

무공이면서 무공 같지 않은 무공이라는 말을 선뜻 이해
하기 어려웠다. 그러나 능사운의 이어지는 말을 통해 그 뜻
을 이해할 수가 있었다.

"허무자가 무공의 극의에 오르자 자신이 익힌 무공이 무
공 같지 않다는 말을 했었지. 무공의 틀을 깨고 나오니 극
도의 허무감이 밀려온다는 것에서 이 허무공(虛無空)이 탄
생한 거지. 그러니까 헛된 기대는 하지 말도록. 내 너희에
게 이 심득을 전하는 이유는 삼백 년 전 천하제일인의 무공
을 가르치고자 함이 아니고, 너희가 익힌 걸 기반으로 깨달
음을 주기 위한 하나의 방편인 것이다."

"허, 허무공?"

"아아……?"

'허무공'이라는 무공의 이름을 들은 두 사람이 멍청한
표정을 지어 보였다. '허무자'라는 이름에서 시작해 '허무
공'이라는 무공의 이름에서 이상함을 느꼈다.

능사운은 그들의 반응을 이해했다. 그 역시 허무공이라
는 특이한 이름 때문에 서가에 꽂힌 많은 비급서를 뒤로하
고 그 비급서를 읽어봤기 때문이다. 처음에는 터무니없는

이야기에 던져 버리려고 했으나 지하의 서고를 발견한 뒤에 무공의 수위가 진일보하고 있던 능사운은 허무공이 가진 위력을 깨달을 수 있었다.

"왜? 이름이 이상해서 내가 네놈들에게 사공이라도 가르치는 것 같으냐?"

남궁진상과 황덕칠이 흠칫 놀랐다. 그 둘은 자신의 의중이 들킨 걸 감추기 위해 강한 부정을 하느라 애썼다.

"아, 아닙니다."

"감히 그럴 리가요."

"뭐, 배우기 싫으면 배우지 않아도 된다. 다만 지금 들었던 기억은 깨끗이 지워야 하니까 머리가 아주 조금 아플 수도 있겠지."

둘의 벌어진 입에서 아무런 말이 나오지 않았다. 눈이 좌우로 돌아가며 서로의 눈치를 살피다가 이내 입을 다물었다.

꿀꺽.

남궁진상이 마른침을 삼키고, 다시 입을 열었다.

"저는 전적으로 사부님을 믿습니다. 하나 저는 남궁세가의 소가주로서 가문의 무공 이외에 다른 무공을 사사로이 배울 수 없는 몸입니다. 그 점을 고려하여 저 대신에 황덕칠에게 가르침을 내려주시는 것이 어떠신지요?"

"이런 미친 새끼가 지 혼자 살겠… 흐아."

졸지에 혼자서 불구덩이에 뛰어들어야 하는 위기에 처한 황덕칠이 발끈했다. 그러나 능사운의 눈빛에 차마 뒷말을 이어서 할 엄두를 내지 못했다.

'비열한 남궁 새끼 같으니라고. 감히 나를 팔아? 으으, 내 신분을 밝힐 수도 없고. 그렇다고 이대로 혼자 죽을 수도 없는데… 어쩐다?'

남궁진상이 자신을 찢어죽일 듯이 노려보는 황덕칠의 시선을 무시하고, 눈으로 그를 비웃고 있었다.

'흥! 멍청한 놈. 네놈도 억울하면 네놈 정체를 밝혀보시든가? 크크, 절대 못 밝히겠지?'

능사운은 이런 둘을 한심한 눈초리로 보고 있었다. 낭인으로 살면서 이런 정파의 인물들을 경멸하고, 무시를 하는 일이 다반사였다. 물론 지금도 그 생각은 크게 다르지가 않았다.

이런 둘에게 애초부터 무공을 가르친다는 것 자체가 문제일 수도 있다. 하지만 능사운은 그럼에도 이 둘에게 무공을 가르쳐야겠다는 생각이 더 강해졌다.

'에효, 귀찮기는 하지만 노후를 생각하자. 개똥도 약에 쓴다고 하니 뭐, 영양가 높은 똥으로 만들어놓는 셈 치자.'

능사운은 이 둘이 순전히 좋아서 귀찮음과 짜증을 무릅쓰고 호의를 베푸는 것이 아니었다. 이 둘은 정천맹에 가서 난잡한 바둑판에 써먹을 알들이었다. 그리고 차기 정천맹의 중심으로 키워 훗날에 이용하기 위한 포석을 염두에 둔 것이다.

이를 알리기 없는 남궁진상과 황덕칠은 이미 짜인 자신들의 운명에서 벗어나기 위해 쓸데없는 몸부림을 하고 있었다.

"흐음, 네놈의 말도 일리가 있구나. 오랜만에 바른 소리를 했어."

능사운의 말에 둘의 희비(喜悲)가 극명하게 엇갈렸다. 남궁진상은 득의만만한 미소를 짓는 데 반해 황덕칠은 울상을 지었다.

'지금이라도 내 신분을 그냥 확 밝혀? 그래, 그냥 말하자. 저 간사한 남궁 놈이 이미 장주에게 말했을지도 모르잖아. 그런데 장주가 정말 알고 있을까? 알았다면 날 쫓아냈어야 하는데? 그럼 정말 모르나? 밝히면 쫓겨날까? 뭐 쫓겨나면 무공은 안 배워도 되지만, 과연 살아서 갈까? 에라이, 그냥 배우자. 설마 죽기야 하겠어?'

능사운과 남궁진상 사이에 괜히 끼어들었다는 후회를 뒤늦게 해봐도 소용이 없었다. 그에게 최선의 길은 그냥 순응하고 무공을 배우는 것이다. 능사운의 말처럼 정말로 고강한 무공이길 바라면서 말이다.

이제 남궁진상은 괴이한 무공을 배우지 않아도 된다는 안도감과 능사운의 협박에 대한 걱정이 들었다.

'그럼 그렇지. 역시 순순히 무공을 가르쳐 줄 놈이 아니었어. 저 악귀의 감언이설에 속아 넘어갈 뻔했잖아. 아무튼 허무고 나발이고 절대 안 한다고 버텨야지.'

그러나 그건 쓸데없는 기우에 불과했다. 능사운이 그의 걱정을 말끔히 해결해 주었다.

"참, 허무공을 창안한 허무자의 출신 성분에 대한 걸 깜빡했군. 이 허무자라는 양반이 남궁세가 출신이었다고 하더구나. 그러면 엄연히 남궁가의 무공을 배우는 셈이니 아무런 문제가 없겠지?"

"그, 그게 무슨? 저는 처음 들어보는……."

"아무렴 그럴 테지. 형님도 어렵게 기억을 떠올리셨지, 아마. 남궁세가에서 허무자는 계륵 같은 존재였으니까. 그걸 굳이 후손들에게 자랑이라고 밝히지 않았던 거겠지."

"그, 그런 일이……."

능사운의 말이 이어질수록 남궁진상의 낯빛이 검게 물들어갔다. 눈은 생기를 잃고, 입술에 침이 말라가면서 절망 어린 표정을 지었다. 그리고 마지막 확인사살에 결코 능사운의 마수에서 벗어날 수 없음을 깨닫고 포기했다.

"일찍이 형님께서 너에게 가르침을 내리시라고 하셨었지. 하나, 나는 네놈이 남궁가의 무공을 열심히 익히기만 한다면 내 가르침은 필요 없으리라 생각을 했다. 그럼에도 무공을 배우겠다고 나서는 자세나 열정에 감탄이 나오는

구나."

"과, 과찬의 말씀이십니다."

"내 이번에 너를 달리 봤다. 하여 허무공을 가르침에 있어 최선을 다할 것이다. 너의 강해지겠다는 열망에 뒤처지지 않도록 강인하게 수련을 시켜주마."

"예? 굳이 그러지 않으셔도……."

"하하, 아니다. 태원에 도착하기 전까지 팔절 수준으로 끌어올리려면 시간이 부족하다. 이러고 있을 시간이 없다. 당장 시작하자."

능사운은 남궁진상을 질책하기보다는 이제까지 그의 태도를 교묘하게 칭찬하면서 도저히 벗어날 수 없게끔 옭아매 버렸다.

'크으, 자승자박(自繩自縛)이라더니… 그저 살아서 아버님이 계시는 태원까지 갈 수 있기를 바라야지.'

찰나 동안 천상과 지하세계를 고루 맛본 남궁진상은 그야말로 똥 씹은 표정을 지으며 목구멍을 쥐어짜 나오지 않는 대답을 억지로 하였다.

"…알겠습니다."

나락에 떨어져 있던 황보극은 이를 숨죽이며 지켜보다가 속으로 쾌재를 불렀다.

'푸하하하. 아주 고소하다, 고소해. 역시 나쁜 놈들은 저렇게 천벌을 받게 마련이지. 이놈, 지옥 구덩이에 빠진 걸

환영한다.'

황덕칠은 본인 또한 남궁진상과 처지가 크게 다르지 않음을 모른 채, 남궁진상이 무지막지한 강도의 수련을 받으며 고통을 받을 것을 상상하니 괜스레 웃음이 나오고 신이 났다.

"야! 뭐해? 이 얼빠진 놈아, 빨리빨리 못 움직여?"

"네, 넵."

능사운의 호통이 이어지고 나서야 황덕칠은 자신의 처지를 깨닫고 서둘러 남궁진상의 옆에 나란히 섰다.

*　　　*　　　*

능사운은 살아오면서 별도로 제자를 양성해 본 적이 없다. 더욱이 무공을 다른 낭인에게 가르쳐 본 적이 드물었다. 그렇다 보니 그가 이렇게 직접적으로 무공을 전수하는 경우는 난생처음이었다.

앞으로 누군가를 더 가르칠 일이 있을지 없을지 모르겠지만, 그런 점에서 특별한 경우라고 할 수 있겠다.

"네놈들도 길게 설명을 해봤자 지루해하는 것 같으니, 피차 실전 위주의 수련으로 넘어가겠다. 그러니 정신 바짝 차리도록 해라."

낭인 출신의 그가 무공을 전수하는 방식은 가히 파격적

이고, 실전 중심이었다.

허무공에 대한 이론적인 설명은 없었다. 새로운 무공이라 하여 별도로 내공심법을 익힐 필요도 없었다. 허무공이 특별히 어떤 병장기와 더 어울리는 무공도 아니었다.

그저 공허(空虛)라는 내공운용과 영허(盈虛)라는 보법에 대한 설명이 다였다.

공허는 내력을 끌어 올림에 있어 한 번 끌어 올린 내기를 양분(兩分)하는 것으로 비롯된다. 내력을 방출하고 사용한 뒤에 생기는 빈 공간을 앞서 양분해서 남은 다른 내기로 채우면서 내기를 끊임없이 뽑아서 사용하는 것이다. 이는 처음 내기를 끌어 올리고, 다시 끌어 올리는 것과 차이가 없어 보인다. 하지만 처음 끌어 올린 내기를 반으로 쪼갰음에도 그 동일한 힘을 두 번에 걸쳐서 나누어 쓴다는 점에서 내력 소모가 들지 않았다. 무엇보다 이런 식의 운용은 내공 운용을 하면서 내기를 회복하고 작은 내기를 지속적으로 사용한다는 점에서 현 무림에서 극히 찾아보기 힘든 내공 운용이라고 할 수 있다.

영허는 소림의 금강부동신법을 연상케 한다. 보법이라고 알려준 족적은 말 그대로 두 발자국이 다였다. 그 안에서 보법이 이루어진다는 것은 정말 믿기 힘든 부분이다. 하나, 그 보법은 자리에 뚝 멈추어 선 것이 아니라 그 안에서 지속적인 발과 다리의 높이, 무릎의 기울기 등에 대한 변화로 이어진다. 무림에서 신법의 극의에 오른 고수들이 흔히 쓰는 이형환위를 기반으로 한 보법이다. 제자리에서 모든 공격을 피해내는 것을 목표로 하고 있다.

능사운은 공허와 영허를 따로 친절하게 하나하나 설명하기보다는 한 번에 가르쳤다. 철저히 실전과 지독한 수련방식으로 말이다.

"공허와 영허에 대한 설명은 말해준 것과 같다. 말로만 해서는 무슨 뜬구름 잡는 소리냐는 생각이 들 것이다. 따라서 너희가 잠시도 지루하지 않고, 금방 습득할 방법을 고안해 냈다. 일단 이곳에서 어떤 식으로 수련해야 하는지에 대한 부분을 배울 것이며, 앞으로 태원까지 가면서 수련할 수 있는 방법으로 나누어진다."

남궁진상과 황덕칠은 불안한 얼굴로 다음에 이어질 말에 긴장을 하며 듣고 있었다.

"이곳에서 할 것은 간단하다. 자, 여기에 각자 서도록 하여라."

능사운이 가벼운 진각으로 바닥에 족적을 각각 남겨두자 남궁진상과 황덕칠이 쭈뼛쭈뼛거리며 그 위에 섰다.

"가볍게 운용법부터 시작을 한다. 앞서 말한 것처럼 호흡에 집중해 내가 날리는 돌을 막도록 하여라. 막을 때는 그 자리에서 벗어나지 말도록."

"알겠… 헙!"

능사운이 언제 돌을 날렸는지 허공을 가르며 그들의 지척까지 벌써 와 있었다.

둘 다 미처 대답도 못한 채 본능에 따라 그 돌을 피해냈다. 자리에서 벗어나지 말라는 말을 지키며 각자 철판교의 수법이나 몸을 틀어서 돌을 피해냈다.

'아! 깜짝이야. 말이라도 하고 던지든가.'

'진짜 허무하네. 겨우 이거야? 이 정도쯤이야.'

그들은 몸을 원래대로 돌리면서 생각보다 수련이 어렵지 않다고 착각을 했다. 그리고 그 착각의 대가는 무서웠다.

—딱.

—퍽.

둔탁한 소리와 가죽 터지는 소리가 동시에 들렸다. 이어서 고통에 찬 외마디 비명 소리가 터져 나왔다.

"쿠헉."

"터헙."

자세를 바로 하기 무섭게 묵직한 돌 하나가 복부를 때렸고, 뾰족한 돌 하나가 미간 사이를 파고들어 머리를 강타했다.

둘은 그 충격에 나자빠져 아픈 부위를 잡고 뒹굴었다.

생각지 못한 것에 당한 고통에 둘은 아무 생각을 할 수가 없었다. 능사운에 대한 욕은커녕 고통을 달래기 위해 바빴다.

하지만 고통을 달래는 것은 수련의 일부가 아니었다.

쿵.

능사운이 지면에 발을 가볍게 내두르자 땅거죽이 쩍쩍 갈라지며 남궁진상과 황덕칠이 뒹굴고 있는 곳을 향해 무서운 기세로 쏟아져 나갔다.

바닥에 쓰러져 있던 둘은 지축을 흔드는 소음에 화들짝 놀라 벌떡 일어났다.

다행히 그 힘은 그들이 원래 서 있던 자리 코앞에서 멈췄다. 고슴도치의 가시처럼 일렬로 쭉쭉 뻗은 돌조각들보다 능사운의 무감정한 말이 더 무섭게 그들에게 파고들었다.

"다시 간다."

대답 따위는 기다리지 않고, 능사운은 서서히 포물선을 그렸다.

—팟.

느린 손동작과 달리 능사운의 손을 떠난 돌은 빗살과 같은 속도로 날아갔다.

남궁진상과 황덕칠은 이전과 달리 긴장한 얼굴로 돌을 피하기 위해 집중하기 시작했다. 둘이 이토록 집중하는 것은 무공을 배우기 위함보다는 생존을 위한 본능에 가까웠다.

이번에 둘은 돌을 피하려고 하지 않았다. 이어서 날아올 돌을 생각해서 내력을 이용해 날아온 돌을 부숴 버렸다.

생각보다 내력이 많이 실리지 않은 돌은 허공에서 여러 조각으로 분해되어 이곳저곳 사방으로 비산했다.

—픽.

—투둑투둑.

그들의 예상처럼 막기 무섭게 날아들었다.

—픽.

—팍.

이번에도 둘은 어렵지 않게 돌을 쳐냈다. 손에 내력을 실어 쳐내는 거라 생각보다 어렵지가 않았다. 그렇게 세네 번정도 돌을 던지고 막기가 반복이 되었다.

사람은 망각의 동물인지라 둘은 서서히 이전에 갖던 긴장감보다 지루함이 들기 시작했다. 무엇보다 둘은 능사운이 말한 운용법을 제대로 활용을 하고 있지를 않았다.

—쉬잉.

파공음이 들리고, 돌이 날아왔다.

아직 내력을 다 허비하지 않아, 돌을 막을 정도의 내력만 끌어 올려 주먹을 내질렀다.

—탁.

—턱.

돌이 허공에서 부서져 내렸다. 이전과 전혀 다르지 않았다. 다만 남궁진상과 황덕칠의 얼굴 표정이 일그러지고 있었다.

'크으으. 당했다.'

'아아, 손, 손. 이런 시부럴.'

손을 살펴볼 시간도 없이 돌은 이미 그를 기다리고 있었다. 지체 없이 주먹을 내질렀다. 앞서 실린 힘을 생각해 내력을 실었는데 이번에는 돌에 실린 힘이 너무 적어 맥없이 부서졌다.

'어?'

'뭐야?'

둘은 고개를 갸웃거리며 멍청한 표정을 지었다.

이어서 날아온 돌 역시 약하기 짝이 없었다. 그 때문에 몇 번 의심을 해봐도 돌에 실린 내력이 약해 적당히 힘을 빼자, 입에서 곡소리가 나왔다.

"크악!"

"아악!"

고통에 울부짖으면서 다음에 날아오는 돌을 막느라 정신이 없었다. 그리고 내력이 서서히 바닥을 보이는 까닭에 돌에 실린 내력에 관계없이 막을 힘이 줄어들었다.

—퍽.

—퍽.

'퍽퍽' 거리는 소리가 들리는 횟수가 늘어났다. 내력이 없는 것은 둘째치고, 더 이상 돌이 일정한 방향으로 날아오지 않았다.

돌은 곡예를 부리듯이 방향을 감지 못한 곳에서 날아왔다. 필시 능사운은 그들 눈앞에서 돌을 던지고 있건만 대체 이 돌은 어디서 날아온단 말인가?

—딱.

남궁진상은 뒤통수에 돌을 얻어맞으면서 낮은 비명을 토해냈다.

"크으……."

설마 또 다른 누군가 있지 않을까 의심을 하다가 이번엔 무릎 뒤로 날아오는 돌에 맞는 바람에 그대로 고꾸라질 뻔했다.

황덕칠 역시 남궁진상이랑 같으면 같았지, 더 좋지 않은 상황에 몸에 푸르딩딩한 멍 자국으로 문신을 하고 있었다.

'빌어먹을, 이게 어딜 봐서 수련이야? 수련을 빙자한 폭력이지. 크으, 내가 잠깐 미쳤던 거야. 악마에게 대가 없이 무공을 배우려고 하다니.'

그렇게 무자비한 난타가 반 시진 동안 이어졌다.

내력이 없어 막을 엄두를 내지 못하고, 일방적으로 얻어맞고 있는 둘의 몰골은 말이 아니었다.

그들은 혹독한 대가를 치르면서 감히 도망치지도 못하고 이제는 체면 따위는 뒷전인 채 덜 아프게 막기 위해서 몸을 웅크리기에 이르렀다.

'괴, 괴물이다. 저렇게 던지고도 내력이 아직도 남아난단

말이야?'

능사운이 지치기를 기대하는 것도 무리다. 그것은 이미 둘이 돌에 맞아 숨을 쉬고 있지 않았을 때나 가능한 일일지 몰랐다.

'포, 포기하자. 일단 살고 봐야지. 그래도······.'

남궁진상과 황덕칠은 둘 다 포기하고 싶었다. 포기했다가는 얼굴에 똥칠을 하는 걸 떠나서 가문에서 쫓겨날 것 같았다. 그럼에도 포기를 하려고 마음을 먹었다.

하지만 선뜻 입을 열기가 어려웠다.

그것은 서로가 서로의 추한 몰골을 곁눈질로 살피면서 적어도 먼저 말을 하지 않겠다는 마지막 자존심 때문이었다.

'이놈아, 빨리 포기해.'

'그러는 네놈이야말로 도망쳐라.'

능사운은 애당초 둘에 대한 기대가 전혀 없었기 때문에 이 수련을 통해 그들이 공허를 이해할 거란 기대를 하지 않고 있었다. 따라서 이런 극한의 상황까지 염두에 둔 것이다.

'흐암, 귀찮아. 슬슬 마무리해야지.'

능사운의 손목이 이전과 다른 각도로 회전했다. 돌은 이전처럼 빗살과 같은 속도로 빠르게 날아가기보다는 두둥실 떠서 천천히 날아갔다. 눈에 보일 정도로 정면으로 날아가는 돌은 그리 위협적이지 않았다.

하지만 그것은 저 멀리서 돌이 날아가는 걸 지켜보는 사람이나 할 수 있는 소리였다.

돌이 날아가는 방향에 서 있는 남궁진상과 황덕칠은 날아오는 돌을 보고, 웅크렸던 몸을 풀고 눈을 화등잔만 하게 떴다.

그도 그럴 것이 돌에 실려 있는 중후한 내력이 그들을 짓누를 정도로 위협적이었기 때문이다.

이번만큼은 그냥 맞을 수도 없었고, 대충 막을 수도 없었다.

'못 막으면 죽는다.'

둘은 직감적으로 도망을 칠 수 없다는 것도 알았다. 설마 자신들을 죽이려고 저런 위력의 돌을 던졌을 리 없다고 부정조차 하지 않았다. 그 돌을 던진 사람이 능사운이라는 사실 하나만으로 설마가 사람을 잡는 경우가 허다하기 때문이다.

이제는 선천진기까지 끌어 올려야 할 판이었다.

단전을 쥐어짜고 쥐어짜 주먹에 온 힘을 끌어 올렸다. 몸 안은 가뭄에 마른땅처럼 척박함 그 자체였다. 텅텅 빈 단전은 그야말로 허무하기 짝이 없었다.

힘과 힘의 대결.

두 사람이 전력을 실은 주먹과 돌은 대등하게 힘겨루기

를 했다. 줄다리기를 하듯이 당기다가도 당겨지는 일이 반복되고 돌이 가루가 되어 녹아내렸다.

'아, 막아낸 건가?'

'끝이다!'

긴장의 끈이 풀리고, 내력이 스르르 사라졌다.

─팟.

날카로운 파공음이 들리면서 이번엔 위력도 위력이지만, 속도까지 빠른 돌이 지체 없이 그들을 덮쳤다.

이제는 막을 여력이 없었다.

그래도 둘 다 무인답게 위기 속에서 습관처럼 텅 빈 단전에서 내력을 끌어모아 주먹을 뻗어냈다.

'하아, 이 악귀가 끝까지 고통을 주는구나.'

'빌어먹을, 조금만 더 강했다면… 내력이 이렇게 바닥나는 일은 없을 텐데…….'

당연히 내력이 없어 주먹에 힘이 실리지 않을 거란 생각에 그들은 자포자기했다. 돌은 이미 지척에 달했고, 손가락이 성하지 않을 것이다.

돌이 다가올수록 그들의 호흡이 거칠어졌다. 돌이 직전에 다다르자 고통을 참기라도 하듯 호흡을 일순간 멈추었다가 주먹에 힘을 주면서 토해냈다.

그 순간 기묘한 일이 일어났다.

내력을 항상 끌어다 쓴 단전이 아니라 손끝을 시작으로

온몸의 피부에서 간질거리는 느낌이 들더니 메마른 단전이 순간 비에 젖은 것처럼 축축해졌다. 그 실낱같은 기운들은 주먹 끝에 모여 큰 힘을 발휘했다.

—푸스스.

능사운이 던진 돌이 가루가 되어 허공에 휘날렸다.

돌을 막아낸 남궁진상과 황덕칠은 둘 다 멍청한 표정으로 사신의 주먹과 몸 안에서 일어난 변화에 놀라움을 감추지 못했다.

'내력이… 다시 회복이 된다?'

'설마 이게 허무공?'

허무공의 힘이라는 생각에 둘은 반신반의했다.

그러나 더 이상 돌이 날아오지 않자 공허를 익힌 것이 아닌가 싶었다.

남궁진상은 자신감에 어린 표정으로 저만치 서 있던 능사운에게 말했다.

"사부님, 제가 해냈습니다."

"저도, 저도!"

황덕칠도 덩달아 자신도 해냈다고 씩 웃어 보였다.

그러나 능사운은 그런 둘을 한심한 눈초리로 쏘아보더니, 이내 몸이 흐릿해졌다.

남궁진상과 황덕칠은 놀라 헛바람을 집어삼켰다.

"헙!"

"흐읍."

능사운의 움직임이나 기척도 보지 못했는데 그가 삼 장이나 되는 거리를 단숨에 좁혀 자신들의 앞에 서 있는 걸 보고 놀랐다. 그리고 능사운이 손을 움직이는 것을 보지도 못했는데 눈에서 번쩍하고 불똥이 튀는 고통에 또 한 번 놀랐다.

"퍽이나 해냈겠다? 다시 해낼 수 있게 더 강한 걸로 던져 주랴?"

서슬 퍼런 능사운의 말에 남궁진상과 황덕칠은 정신이 번쩍 들었다.

"아, 아닙니다."

"실언을 했습니다. 감히 해내다니요? 하, 하, 하."

능사운은 이런 둘을 한심한 눈초리로 쏘아보더니, 역정을 냈다.

"명색이 팔대세가의 후기지수들이라 하여 믿었건만 겨우 이 정도라니. 내 네놈들을 과대평가했다. 따라서 네놈들처럼 멍청한 놈에게 어울리는 수련 방식으로 바꾸도록 하겠다. 머리 따위는 쓰지 않는 아주 쉽고 무식한 방법이 좋겠어."

"아, 알겠습니다."

"…따르도록 하겠습니다."

꿀꺽.

둘은 억지로 대답을 하긴 했으나 불안한 생각에 사지육신에 오한이 들었다. 돌을 던지는 수련보다 강도가 약해졌다는 사실에 기뻐해야 마땅하나 무식하다는 말이 공포로 다가왔다.

第二章 · 야밤의 도발

天下莊
천하장주

머리가 나쁘면 몸이 고생한다는 말이 있다. 무인에 따라 그 수련 방법은 다양했는데, 어떤 무인은 그 묘리(妙理)를 깨달아 쉽게 수련을 하는 반면, 몸을 혹사시키더라도 힘과 인내로 힘든 수련을 거쳐 깨달음을 얻는 경우도 있다.

무공을 쉽게 익히는 것은 전자가 좋다. 그러나 그 묘리라는 것이 무공의 경지가 올라가면 올라갈수록 얻기 힘들다. 무공을 독학하지 않고 배우는 입장에서 사부에게 얻을 수 있는 묘리는 한계가 있다. 따라서 스스로가 힘든 수련을 거쳐 그 과정 속에서 묘리를 발견하고 더 발전해 가는 경우로 이어진다.

남궁진상과 황덕칠의 경우는 능사운이 허무공에 대한 묘리를 일러주었다. 그러나 이 둘은 그 묘리에 대해 전혀 깨닫고 있지 못했다. 능사운이 남을 가르쳐 본 적이 없어 설명을 쉽게 해주지 못했다는 점도 있지만 이 둘은 가문에서 떠먹여 주듯이 배운 습관으로 스스로 깨우치는 데 한계가 있었다.

능사운은 이런 점을 스스로 생각하면서 고민에 휩싸였다.

'흐음, 깨달음을 얻고 수련을 하는 것이 먼저인가? 아니면 몸이 기억하고, 익숙해지면서 깨달음을 얻는 것이 먼저인가?'

그의 경우엔 스스로 독학을 했기 때문에 후자에 가까웠다. 앞서 수련은 그래도 어느 정도 깨달음을 내려주고 설명을 해주고 한 부분인데, 남궁진상과 황덕칠이 전혀 따라오지 못하자 답답한 마음이 컸다.

남궁진상과 황덕칠에게 다시 묘리에 대한 설명을 풀고 풀어서 이해를 시키려는 마음은 추호도 없었다. 엄연히 말해 그와 둘의 관계는 사제지간도 아니었다. 그리고 능사운은 가족의 범위 안에 들지 않은 사람에게 호의를 베풀 정도로 친절하지 않았다.

'확실히 어렵군. 남을 가르친다는 것은 만만치 않아. 저놈들 키워놓고 나중에 단단히 뽑아 먹어야지.'

능사운은 철저히 미래에 대한 계산을 생각하며 태원으로 향하면서 수련을 할 수 있는 방안을 모색했다.

먼저 남궁진상과 황덕칠은 아예 감조차 못 잡고 있다. 그나마 마지막에 목숨이 위협받는 상황을 만들어 강제성으로 공허를 느끼게 해준 것이 다였다. 이를 기반으로 그때의 감(感)을 몸으로라도 잊지 않게끔 만들어야 한다.

'흐음, 예전에 했었던 방식이 좋겠어. 내공이야 시간이 해결해 줄 문제고 일단 몸부터 길러야지. 실전이야 군웅대회에서 얼마든지 굴리면 될 테니까. 이걸로 정천맹 문제는 해결하면 되겠어.'

한편, 남궁진상과 황덕칠은 근심이 가득한 얼굴로 능사운을 힐끔거렸다. 일행들이 있는 곳으로 돌아와 주소연과 말자의 투정도 무시한 채 골몰히 생각에 잠긴 것이 못내 불안했다.

'설마 바로 수련을 하자고 하겠어?'

그러나 설마가 사람 잡는다는 것을 얼마 지나지 않아 뼈저리게 깨닫게 되었다. 능사운이 입을 열었을 때는 이미 무식한 수련 방법을 진행하게 된 것이나 다름이 없었다.

"자, 내 너희의 무공 향상을 위해 특별히 고안해 낸 방법이 있다. 이 방법은 우리 모두를 위해 좋은 것이며 그간 잦은 노숙으로 부족한 식재료를 채우는 데 좋은 일임과 동시에……"

능사운은 수련 방법에 대해 돈도 절약하면서 수련을 할 수 있다는 일석이조(一石二鳥)의 경우라고 말했다. 또한 다른 일행들이 간만에 말고기로 포식을 할 수 있었다는 점에서 여러모로 환영을 받았다.

하지만 이 수련을 받아야 하는 남궁진상과 황덕칠의 얼굴은 절망감에 물들었다.

'이, 이럴 수가. 이건 말도 안 돼.'

'으아! 차라리 돌 막기가 백 번 낫지. 이건 사람이 할 게 아니야.'

그들은 수련이라는 구실 아래 두 마리의 말이 끌고 있던 마차를 끌게 되는 운명에 처했다.

능사운은 이런 말을 하면서 그들을 납득시켰다.

"사람이 마차를 끈다는 것이 불가능해 보일 수 있지. 하지만 그건 혼자일 때이고, 너희 둘이라면 충분히 가능해. 이 수련은 공허와 영허를 동시에 익힐 수 있는 아주 좋은 수련이다. 마지막에 느꼈던 것처럼 호흡을 잘 유지하고, 또한 영허의 보법을 상기한다면 얼마든지 할 수 있다."

'…는 개뿔. 씨부럴, 이건 수련이 아니라 막노동이지. 내가 가축이 되었구나. 하아, 내 팔자야.'

남궁진상과 황덕칠은 가빠지는 숨을 참으면서 최대한 내

력을 아껴가며 마차를 끌었다. 처음에는 서로 눈치를 보면서 힘을 빼다가 탈진해 쓰러지는 바람에 내력이 회복될 동안 추궁과혈을 빙자한 능사운의 구타를 당해야 했다.

다시 또 한 번 쓰러졌을 때는 능사운이 어쩐 일로 구타 대신에 내력 회복에 도움이 된다고 환단을 하나씩 주었다. 그것을 복용하고 나서 정말 훨훨 날듯한 기운이 생겼고 힘이 났다. 그때는 정말 능사운도 사람인지라 인정을 베푼다 생각했지만, 그것이 '광혼단'으로 일시에 내력을 회복시킴과 동시에 사람을 미치게 하는 금단임을 알게 되자 능사운이 정말 사람이 아니라는 걸 다시 한 번 깨달았다.

반발심에 광혼단을 먹은 힘으로 대항을 해봤지만, 수련을 빙자해 또 일방적인 구타가 이어졌다. 힘으로는 어쩔 도리가 없어 이제 정말 미쳐서 죽는 일만 남았다고 체념했을 때, 능사운은 병 주고 약을 준다고 그 환단의 부작용을 해결하기 위해서는 공허를 통한 내력의 발출을 여섯 시진 이상 꾸준히 하면 된다고 해결책을 알려주었다.

남궁진상과 황덕칠은 하는 수 없이 살기 위해서 필사적으로 호흡을 하고, 공허를 터득하기 위해 노력했다. 중간에 쉬는 것도 쓰러지는 것도 없이, 그들은 무서운 속도로 앞을 향해 달려 나갔다. 둘은 살기 위해 서로가 서로를 도와 균일한 힘을 실어 마차를 끌고 또 끌었다.

'…살고 싶다.'

'으으, 살아야 해.'

생존을 위한 그들의 몸부림은 마차를 움직이게끔 했고, 마차는 말이 끄는 것보다 빠르진 않았지만 제법 속도를 내서 관도를 달려왔다.

그로부터 얼마나 더 갔을까?

해가 지고 땅거미가 깔리기 시작하고 나서야 남궁진상과 황덕칠이 끄는 마차가 가까스로 멈추어 섰다. 그러나 남궁진상과 황덕칠은 잠시도 서 있지 못하고, 주변을 끊임없이 걷고 또 걸었다. 중간에 지쳐서 쓰러졌을 때, 말자가 해독약이라 건네준 약을 먹고 잠시 숨을 골랐다. 하지만 말자가 누구인가? 천하장에서 밥에 독을 타던 여인이 아닌가? 너무 힘들어서 무턱대고 먹은 것이 화근이었다.

말자가 준 약 역시 독약으로, 몸 안이 타오를 것처럼 많은 내력들이 용솟음쳤다. 그 기운으로 마차를 끌었지만, 그것을 해독하기 위해서는 앞서와 같이 공허를 익히고, 발출시키기 위해 영허의 보법을 생각하면서 마차를 끌고 또 끄는 수밖에 없었다. 저녁에 노숙하기 위해 다들 휴식을 취하려고 하는 순간에도 둘은 아직도 넘쳐나는 기운을 달래면서 해독을 하기 위해 몸을 가만히 두지 못했다.

'말자, 이 독한 년. 누가 장주의 심복 아니랄까 봐. 이런 우라질.'

'으아, 내 다시는 무공을 가르쳐 달라고 하질 말아야지.

대 남궁세가의 장자인 내가 이 무슨 꼴이란 말인가?

둘은 속으로 울면서도 움직이는 걸 멈추지 못했다.

그들의 우스꽝스러운 모습에 익숙해진 일행들은 무관심하게 그들을 지나쳐 노숙할 준비들을 하나둘 하고 있었다.

능사운과 주소연 그리고 말자가 마차 안에서 하나둘 모습을 드러냈다.

능사운은 원망스러운 눈빛으로 자신을 쳐다보는 남궁진상과 황덕칠에게 모처럼 칭찬을 했다.

"그렇지, 그렇지. 이제야 수련다운 수련을 하고 있어. 그렇게만 한다면 머지않아 무림십왕에 네놈들 이름이 올라갈 거야. 더 힘을 내라."

"큭큭."

"풉."

능사운의 말에 유휼을 비롯해 다른 일행들이 터져 나오는 웃음을 참느라 얼굴이 하나둘 빨개졌다. 그리고 칭찬을 받은 당사자들 역시 비꼬는 그의 말에 수치심이 들어 얼굴이 붉어졌다.

'기필코 반드시 살아남아서 복수를 해주마.'

'으으, 나보다 더 나이가 많으니 늙을 때까지 붙어 있다가 말년에 그대로 돌려주겠어.'

분노 때문인지 그들의 움직임이 더 빨라졌다.

능사운은 그들을 지나쳐 나무 아래 자리를 잡았다. 그 양옆으로 주소연과 말자가 찰싹 달라붙었다. 바늘 가는 데 실 간다고 비홍도 주소연을 호위하기 위해 서려다가 멈칫했다. 왠지 그 옆에 서 있기가 어색했다.

비홍은 사랑싸움을 하느라 정신이 없는 주소연을 뒤로한 채 주변을 둘러보았다.

'…사형에게나 갈까?'

그런데 유휼 역시 다른 일로 수하들에게 지시를 내리느라 바빠 보였다.

그녀의 시선이 다른 곳을 향하다가 한 곳에 닿았다.

그곳에는 남궁진상이 황덕칠과 떨어져 영허를 위해 제자리에서 콩콩콩 열심히 발을 놀리고 있었다. 그의 우스꽝스러운 행동을 지켜보던 그녀는 가슴을 쓸어내렸다.

'하아.'

그녀는 나지막한 한숨을 내쉬더니 이내 남궁진상이 있는 쪽으로 다가갔다.

한편, 이를 모르는 남궁진상은 몸 안의 열기가 꺼지기를 바랐다. 이제 서서히 열기가 잦아지면서 몸이 안정을 찾아가고 있었다.

'후우, 끝이 나간다. 저 황보 놈도 빨리 끝낼 수 있어. 조

금만 더, 더.'

독을 해독하기 위해 강제로 수련을 하고 있다지만, 사실 두 사람의 내력은 이전에 비해 몇 배 더 많아진 상태였다. 정신이 없어 그것을 인지하고 못하고 있지만, 따로 운기 조식 자세를 취하지 않았음에도 불구하고 내력의 회복이 예전에 비해 몇십 배나 빨라져 있었다. 또한 무거운 마차를 끌다 보니 검이나 깨작깨작 휘두를 때에 비해 근육도 발달해 외공도 상당한 경지에 오르고 있었다.

이런 사실을 아는 것은 능사운을 비롯해 무공 수위가 있는 유휼이나 비홍 정도였다.

비홍은 남궁진상의 수련이 어느 정도 마무리가 되어갈 때쯤 그에게 다가가 말을 걸었다. 예전에 하대를 하던 것과 달리 어느 정도 격식을 갖추어 불렀다.

"남궁 공자, 수련이 끝났나요?"

"어? 비홍 낭자."

"네, 뭐. 그렇습니다."

남궁진상은 예전에 비홍에게 살갑게 대하던 것과 달리 조금은 퉁명스러운 목소리로 대답했다. 반면 비홍은 그런 건 개의치 않다는 듯 용건을 말했다.

"잠시 할 말이 있으니, 저를 따라오세요."

"하실 말씀이요? 그냥 여기서 해도 괜찮습니다만."

"어서요!"

처음 볼 때처럼 비홍의 목소리가 카랑카랑하게 변했다. 그녀가 고양이처럼 휙 눈을 치켜뜨자 남궁진상은 찔끔하고 그녀의 뒤를 따랐다.

"알겠소이다."

'…쩝, 임자도 있는 양반이 왜 부르는지 참.'

남궁진상은 천하장에서 목함을 건네주려다가 그녀와 유휼을 본 적이 있었다. 그때, 삿갓에 가려진 그녀의 얼굴이 자신이 상상하던 외모와 다른 것을 보고 충격을 먹었다. 그보다 유휼과 보통 관계가 아니라는 점에서 깨끗이 정리를 하려고 마음을 먹었다. 그런데 이렇게 비홍이 부르자 괜히 기분이 묘했다.

비홍은 다른 사람들이 듣지 못할 정도로 야영지에서 제법 벗어난 곳에 이르러 걸음을 멈추었다.

이곳까지 오면서 아무런 대화도 없이 침묵이 이어졌다. 왠지 어색한 마음이 들어 남궁진상은 괜히 머리를 벅벅 긁었다.

'여기까지 왜 온 거야? 설마, 그녀가 나를?'

은은하게 내려오는 달빛을 제외하고, 이곳은 어둠이 가득했다. 이 공간에는 그와 그녀밖에 없다는 사실이 남궁진상으로 하여금 망상을 불러일으켰다.

하지만 비홍은 그럴 마음이 없는지 무미건조한 말투로 그를 추궁했다.

"저번에 천하장에서 사형과 있을 때, 우리를 훔쳐보던 사람… 남궁 공자인가요?"

"예? 그게 무슨 소리이신지…?"

남궁진상은 뜨끔했지만, 어둠을 방패 삼아 모른 척 시치미를 뗐다.

'어떻게 그녀가 알았지? 그때 들킨 건가? 그럼 뭐야? 겨우 이걸 물어보려고 여기까지 부른 거야?'

그런데 생각해 보니 기분이 상당히 나빠졌다. 자신의 망상과 전혀 어긋난 전개에 남궁진상은 허탈한 마음이 들었다.

삿갓에 가려진 비홍의 눈이 그런 남궁진상을 뚫어지게 노려봤다. 그리고 침묵을 지키다가 이내 결심을 한 듯 가슴 어귀에서 무언가를 꺼냈다.

"그럼 이 물건은 누구 건가요?"

"그, 그건……."

남궁진상은 비홍이 들고 있는 목함을 보고 흠칫 놀랐다. 이번엔 상당히 놀라서 안 그런 척하기도 힘들었다.

'그때, 너무 충격을 먹어서 깜빡했구나. 나중에 보이질 않아 다른 놈이 주워간 줄 알았는데, 하필 비홍 낭자가 그걸.'

둘 사이에 어색한 침묵이 흘렀다.

남궁진상은 남궁진상대로 민망함에 무어라 변명을 할 줄

몰랐고, 비홍은 비홍대로 남궁진상이 맞다고 하면 어떤 식으로 말을 해야 할지 고민을 했다.

그녀는 살면서 이런 식의 고백은 받아본 적이 없었고, 그렇다 보니 어떤 식으로 대답을 해야 하는지 몰랐다.

'어떡하지? 물어볼 사람이 없어서 그냥 무턱대고 왔는데……'

이런 고민에 대해 사형인 유휼이나 공주인 주소연에게 털어놓을 수는 없었다. 그렇기에는 부끄럽기도 했고, 평소 고민을 듣는 법만 알았지 털어놓는 것이 익숙지 않았기 때문이다.

이 어색한 침묵은 좀처럼 깨지지 않았다. 그 침묵이 깨진 것은 누가 먼저 입을 열어서가 아니라 그들을 향해 날아오는 암기 때문이었다.

소의 털처럼 가느다란 우모침(牛毛針) 십여 개가 야음(夜陰)을 틈타 남궁진상과 비홍을 향해 날아들었다. 평소에도 잘 보이지 않은 우모침은 밤을 이용해 은밀하게 그들을 노렸다. 어둠 속에서 쏘아져 나가는 우모침은 기감이 뛰어나지 않고서야 바로 알아차리기 어려웠다.

하지만 남궁진상은 그간의 혹독한 수련이 헛되지 않았는지 비홍보다 먼저 암기의 정체를 알아차렸다. 곧바로 비홍도 암기의 정체를 알아차리고 대응을 하려 했다.

그런데 그 순간 남궁진상이 그녀의 팔을 잡고 어깨를 감싸며 자신 쪽으로 당기는 것이 아닌가?

암기와 또 암기를 날린 사람을 찾는 데 집중을 하고 있던 그녀는 갑작스러운 남궁진상의 돌발행동에 맥없이 끌려오고 말았다.

"어, 어멋."

처음 접하는 상황에 당황한 비홍은 평소의 딱딱하고 경직되어 있는 목소리와 달리 그 나이 또래 여인네들처럼 청아하고 맑은 음성이 튀어나왔다. 그리고 순간적으로 남궁진상의 품 안에 안기게 되었다.

우모침은 목표를 잃은 채 애꿎은 땅을 향해 뾰족한 수를 놓았다.

오직 암기를 피해야겠다는 생각밖에 없던 남궁진상은 자신도 모르게 그녀를 안고 있다는 사실에 화들짝 놀랐다. 서둘러 그녀를 잡고 있던 손을 놓고 조심히 그녀에게서 떨어졌다.

화가 잔뜩 났을 비홍을 상상하며 그녀 쪽을 살피는데 그녀는 언제나 한 몸처럼 쓰고 있던 삿갓을 더 이상 쓰고 있지 않았다.

방금 전의 일로 그녀의 삿갓이 벗겨진 채 남궁진상의 품에 잠시 얼굴을 파묻고 있었기 때문이다.

"괜, 괜찮소이까? 비홍 낭자. 내 경황이 없어⋯⋯."

남궁진상은 말을 하다가 뒷말을 못 이은 채 말문이 턱하고 막혀 버렸다.

뒤의 말은 생각이 나지 않았다.

그는 오로지 삿갓이 벗겨진 채 맨 얼굴을 드러낸 비홍에게 모든 신경이 집중되어 있었다. 능사운에게 뒤통수를 후려 맞을 때보다 더 멍한 상태로 있던 남궁진상이 황급히 양손으로 두 눈을 비볐다가 다시 떴다를 반복했다. 그럼에도 눈앞의 비홍은 환상이 아니었다.

"허업."

평소에도 능사운에게 당해 바보처럼 헛바람을 집어삼키는 그였지만, 이번에 헛바람을 집어삼킨 것은 다른 이유에서였다.

삿갓을 벗은 비홍의 외모는 전에 천하장에서 봤던 지독히 못생긴 추녀가 아니었다. 화려함을 뽐내는 장미도, 청초함을 뽐내는 물망초도 아니지만, 그녀는 달빛 아래 난초에서 핀 꽃 같은 고아한 아름다움이 느껴졌다.

한편, 비홍은 외간 남자에게 끌려가 품 안에 안겨본 적이 난생처음이라 머리가 새하애졌다. 맥박이 이상하리만큼 빨리 뛰었고, 몸 안의 피가 뜨거워져 찌릿찌릿한 기분이 들었다.

'왜, 왜 이러지?'

그녀는 당혹스러움을 좀처럼 감추지 못하다가 남궁진상의 헛바람에 정신이 번쩍 들었다. 뒤늦게 삿갓을 쓰고 있지 않았다는 걸 깨닫고 부랴부랴 삿갓을 썼다. 얼굴이 가려지고 나서야 한결 마음이 편해졌다.

그러나 지금의 일에 대해 남궁진상에게 무어라 말을 할지 머릿속에서 떠오르지 않았다.

남궁진상은 남궁진상대로 달빛보다 환하게 빛나던 비홍의 얼굴이 삿갓에 가려지자 어두웠던 주변이 더 컴컴하게 보였다.

'아…!'

나지막한 탄성을 속으로 내쉬며 진한 아쉬움을 느껴야 했다.

이 둘 사이에서 어떤 말도 오가지 않았다.

대신에 묘한 분위기가 달빛 아래에서 연출되고 있었다.

그러나 그들이 망각하고 있는 사실이 하나 있었다. 이 찰나 지간의 일이 일어나게 된 배경이 바로 암기 때문이고, 누군가 그들을 노리고 있다는 것이다.

부스럭.

좋은 분위기는 딱 여기까지였다.

불청객의 기척을 알아차린 남궁진상과 비홍은 충격에서 빠져나와 정신들을 차렸다.

미처 자세를 잡기도 전에 수풀 사이로 검은 인영 하나가 불쑥 튀어나왔다. 그 인영은 육중한 덩치의 사내로, 그 덩치와 달리 빠른 속도로 비홍을 노리며 날아들었다.

"어딜 감히!"

비홍이 응수하기 전에 남궁진상이 그녀의 앞을 가로막아 섰다.

권(拳)과 권의 대결.

가죽 포대 터지는 소리가 연달아 들렸다. 검법을 주로 익힌 남궁진상과 달리 상대는 권법을 익혔는지 일 권을 내지를 때마다 권풍(拳風)이 남궁진상을 옥죄여 왔다.

그러나 남궁진상은 권으로도 상대에게 크게 밀리지 않았다. 상대의 권법에 실린 기운을 흘리고, 또 막아내는 것이 어렵지 않았다. 그리고 상대와 손속을 겨루면 겨룰수록 호흡이 안정적으로 변해 본인도 모르는 사이 공허를 운기하고 있었다.

비홍은 자신을 막아선 남궁진상의 등을 복잡한 눈으로 바라보다가 돕기 위해 나서려고 했다. 하지만 그녀 역시 상대가 있었다.

암기를 날린 인물 이외에 다른 인물들이 그녀 앞에 속속들이 나타났다.

사남이녀(四男二女).

하나같이 비단적삼이나 화려한 자수가 수놓아진 무복을 입고 있었다. 딱 봐도 귀티가 나는 그들에게서 풍기는 기운은 자신감을 넘어 오만함으로 가득했다.

한편, 남궁진상은 상대와 손속을 겨루며 상대가 누구인

지 알아차렸다.

'이 떡대는 분명 황보 놈의 형인 황보석해잖아? 이놈이 왜 여기에?'

―평.

권력이 부딪힌 여파로 달라붙어 싸우던 그들이 간격을 두고 떨어졌다.

남궁진상은 황보석해 이외에도 달빛에 잘 보이지 않았지만, 사남이녀의 정체가 누구인지 알 수 있었다. 저들이 왜 여기에 나타났는지 의문은 둘째치고, 다짜고짜 암습을 가했다는 사실에 분개했다.

"이게 뭐하는 짓이냐?"

"하하하, 남궁 형. 오랜만에 뵙소이다."

사남이녀의 무리 중 가운데에 영웅건을 걸치고 있는 사내가 호탕한 웃음과 함께 태연히 인사를 해왔다.

남궁진상은 그 사내를 사납게 노려보며 말했다.

"다짜고짜 암습을 가해놓고 뻔뻔히 인사를 하다니, 으으. 공손유찬! 그러고도 네가 정천맹의 후기지수라고 할 수 있느냐?"

"암습이라니! 이거 섭섭하구려."

"섭섭? 그럼 이게 암습이 아니고 뭐지? 요샌 인사법이 바뀐 모양이지?"

강호팔절의 일인이자 실질적으로 팔대세가 후기지수 모

임인 용봉회(龍鳳會)의 수장격인 공손유찬은 여유로움이 가득했다.

"이곳을 지나다가 우연히 남궁 형을 뵙는데, 저 삿갓을 쓴 괴인에게 위협을 당하고 있는 것 같아 우리가 도운 것이오. 우리 사이에 못 본 척할 수도 없잖소?"

"참나, 지나가던 개가 웃겠네. 뻔히 암기를 내 쪽으로 날리고도 그런 말을 해? 못 보던 사이에 그 뻔뻔함과 가증스러움이 한층 늘었구나."

남궁진상의 말에 공손유찬 대신 그 옆에 서 있는 왜소한 사내가 대꾸를 했다. 그의 말투는 가시가 서린 듯 날카로웠다.

"어허, 말이 지나치잖아. 내 수련이 부족해 우모침 몇 개 잘못 날렸기로 도와준 사람에게 그렇게 지껄이면 쓰나?"

"닥쳐라, 당삼표. 네놈의 뱀 같은 혓바닥에 놀아날 내가 아니다. 이건 엄연히 나를 공격한 것이고, 이에 따른 책임을 묻겠다."

"흥! 얼마든지. 검존만 믿고 설치는 애송이 주제에."

"으으! 이놈을 그냥······."

당삼표의 모욕적인 언사에 남궁진상은 발끈했다. 그가 천하장에서 종살이를 했다고는 하지만, 명색이 남궁세가의 소가주였다. 도저히 당삼표의 말을 듣고 그냥 넘길 수가 없었다.

'저런 놈은 검도 필요 없어. 다시는 주둥이를 못 놀리게 묵사발을 만들어주마.'

싸움이 일어나기 일촉즉발(一觸卽發)의 상황.

장내에는 긴장감이 돌았다.

하지만 둘의 싸움은 시작도 해보지 못하고 끝이 났다.

앞으로 쏘아져 나가려는 남궁진상을 비홍이 앞으로 나와 제지했다.

"그만하세요."

"예? 그만하라니요? 저쪽에서 먼저 공격해 온 것이 분명한데 어째서 말리십니까?"

"남궁 공자는 물러나세요. 저들이 노린 건 아무래도 저인 것 같으니, 상대를 해도 제가 해요."

비홍은 평상시처럼 딱딱한 태도를 보이며 남궁진상을 지나 한 걸음 앞으로 나섰다. 그런 그녀의 냉담한 말에 남궁진상은 가슴 한쪽이 횅하고 시린 기분이 들었다.

그녀의 말이 틀리지 않았다. 그러나 이대로 있으면 평생 후회할 것 같다는 생각이 자꾸 들었다.

'그래! 지난번처럼 도망만 쳐서는 내 마음을 표현할 수 없어. 저딴 놈들과 같은 소속인 것은 중요치 않아. 그딴 배경 개나 주라지.'

남궁진상은 능사운과 같이 생활하면서 더디기는 했지만, 사고가 많이 변해가고 있었다. 특히 비홍이 자신과 저들이 같은 정천맹 소속임을 알고 물러나라고 했을 때, 그는 서서히 배경의 가면을 벗기 시작했다.

그 처음 동작이 바로 지금이었다.

앞으로 나아가는 비홍의 앞으로 나와 그녀의 앞을 가로막고 선 남궁진상이 진지한 얼굴로 그녀에게 전음을 날렸다.

[비홍 낭자. 이건 비단 낭자 혼자만의 문제가 아닙니다. 바로 우리의 일입니다. 하여 저는 이대로 지켜볼 수만 없습니다. 이제는 저번처럼 더 이상 망설이지 않을 겁니다.]

자신을 가로막은 남궁진상의 행동에 비홍은 한마디 쏘아붙이려다가 들려오는 전음에 멈칫했다. 그의 말이 이어질수록 삿갓 안에 가려진 그녀의 얼굴에도 변화가 생겼다. 다만 어둠과 삿갓에 가려졌지만, 그녀의 얼굴에는 붉은 홍조가 폈다.

거의 고백이나 다름이 없는 마지막 말에서 비홍은 난생처음 겪어보는 일이라 당혹감을 느꼈다.

'어, 어찌해야 하는 거지?'

지금 이 상황은 그녀에게 주소연의 호위를 처음 할 때처럼 설레면서 긴장이 되었고, 또 한편으로 황궁에서 주소연을 데리고 나올 때보다 더 막막했다.

두 사람의 기묘한 분위기가 다시 확 달아올랐다.

척박한 환경에서도 꽃이 피듯이 지금의 이런 상황에서도

두 사람의 이야기는 진행 중이었다.

＊   ＊   ＊

싸움의 긴장감은 어딘가 다른 방향으로 흘러갔다. 남궁진상과 비홍은 정천맹의 후기지수들은 안중에도 없다는 듯이 자신들만의 세계에 빠져 있었다.

이들이 다른 것으로 정신이 팔려 있을 때, 다른 후기지수들은 둘을 복잡한 시선으로 보고 있었다. 그리고 누군가는 호시탐탐(虎視耽耽) 기회를 노리고 있었다.

상대가 대화를 하고 정신이 다른 쪽에 분산이 되었을 때, 암기의 적중률은 올라간다. 그 점을 너무나 잘 알고 있는 당삼표는 기회를 포착하고 슬그머니 손을 쓰려고 했다.

그러나 그의 어깨에 묵직한 손이 하나 올라오더니, 나지막한 목소리 하나가 그를 가로막았다.

"당 형도 그만하시게. 더 이상 오해를 키울 필요는 없네."

"먼저 거는 싸움을 피할 이유는 없지. 황보 형은 빠지시게."

같은 편에게조차 날카로운 그의 말투에 황보석해의 미간이 찌푸려졌다. 평소 당삼표의 성정이 좋지 않음을 알고 있었지만, 막상 저런 말을 들으니 기분이 좋을 수가 없었다.

'어휴, 이런 놈이 같은 용봉회 소속이라니. 당가 놈은 상정 못할 놈이란 소리가 딱 맞는군그래. 어디 그렇게 설치다가 남궁 놈한테 혼쭐이나 나보라지.'

황보석해는 과거에 군웅대회나 다른 비무를 통해 남궁진상과 몇 번 손속을 나누어본 적이 있었다. 그때의 수준은 자신과 크게 다르지 않았다. 그런데 방금은 검을 들지도 않고, 자신과 비등한 싸움을 했다. 이것은 남궁진상이 안 보이던 사이 그냥 놀고만 있던 것이 아니라는 걸 말해주고 있었다.

물론 짧은 시간이었기 때문에 정확한 무공 수위를 파악해 보기 어려웠다.

그런 점에서 다른 후기지수들은 남궁진상과 당삼표의 싸움에 개입을 하지 않았다. 오히려 그들은 둘이 싸워주길 바라면서 한편으로 남궁진상의 무공 실력을 알아보려는 속셈을 가지고 있었다.

그러나 모든 후기지수들이 그런 것은 아니었다.

무(武)보다는 지(知)를 우선시하는 제갈세가의 제갈수연이 그러했고, 평소 남궁진상과 적대적인 관계가 아닌 진주언가의 언예지 등은 지금의 이 싸움이 무의미하고 불편했다.

제갈수연은 공손유찬이 묵묵히 지켜보는 의도를 알지만, 더 이상 나갔다가는 원래의 목적을 상실하기 때문에 중재에 나섰다.

"당 공자, 그만하세요. 우린 싸우기 위해서 이곳에 온 것이 아니에요."

"맞아! 언니 말처럼 싸우자고 온 게 아니잖아."

진주언가의 언예지도 제갈수연의 의견에 힘을 실어주었다.

벌써 세 사람이나 싸움을 만류하고 나섰다. 본래의 임무를 완수하기 위함이라고는 하나 그것이 당삼표에게는 꼭 남궁진상을 응원하는 것처럼 느껴졌다. 그로 인해 그의 심기는 더 불편해졌다.

'가증스러운 년들 같으니라고. 어차피 남궁 놈을 압박해서 그 장주 놈에게 가면 되는 것을. 이빨 빠진 남궁세가가 뭐 그리 무섭다고 유별들을 떠는지 참.'

다들 독에 중독시켜서 골로 보내 버리고 싶은 살의를 참으며 당삼표는 손을 거두었다. 좋든 싫든 정천맹이라는 배경 안에 속해 있기 때문에 독불장군처럼 행동하는 것에는 한계가 있었다.

"쳇, 그럼 잘들 해보시든가."

"하하, 당제. 참아주어서 고맙네. 오랜만에 만나 서로 실력을 겨루어보고 싶은 호승심이 들었나 보군. 내 이해한다네. 그래도 연매의 말처럼 임무가 우선이니, 대화로 풀어야지."

당삼표가 물러난 것은, 한발 물러나 구경을 하다가 상황이 과열되면 공손유찬이 정리를 하려고 나서는 것을 잘 알고 있다는 이유도 있었다.

공손유찬이 상황을 정리하자 이제까지 침묵을 지키고 있던 서문장천이 입을 열었다.

"남궁 형, 다짜고짜 공격을 가한 것은 미안합니다. 우리는 두 분이 아는 사이인지 몰랐습니다. 그러니 너그러운 마음으로 이해를 해주시길 바랍니다."

"장천. 또 그 세 치 혀로 일을 아무렇지 않게 무마하려 하다니. 너희는 몇 년간 정말 하나도 변하지 않았구나."

"허허, 한결같다는 칭찬으로 받아들이겠습니다. 저희는 같은 정천맹의 일원인 남궁 형을 해할 이유가 전혀 없습니다. 저희가 이런 시각에 이곳에 나타난 이유는 바로 천하장주를 만나기 위함입니다."

남궁진상은 뻔뻔할 정도로 침착한 서문장천에게 발끈하려다가 '천하장주'라는 이름에서 멈칫했다.

그 역시 방금 전의 공격이 자신들을 해하려는 의도가 아니라 살펴보기 위한 목적임을 알고 있었다. 군웅대회가 얼마 남지 않은 시점에서 자신을 여기까지 찾아온다는 것이 이상하긴 했으나 무언가 꿍꿍이가 있을 거란 짐작은 했다. 그런데 이곳까지 찾아온 목적이 능사운이라는 점에서 여러 가지 의문이 들었다.

'황보 놈이 간세라는 건 이미 알고 있던 사실이다. 여길 찾아오는 것은 어렵지 않았겠지. 그런데 사부님을 왜 만나러 온 걸까?'

밋밋한 표정의 서문장천의 얼굴을 통해서는 답을 얻어내기 어려웠다. 이럴 땐 그냥 물어보는 수밖에 없었다.

"무슨 일로 사부님을 뵈려고 하는 거냐?"

서문장천 대신에 공손유찬이 능글맞은 얼굴로 이죽거렸다.

"호오, 사부님? 남궁 형은 그새 천하장주를 사부님으로 모신 모양이오? 세상을 떠들썩하게 만들고 있는 천하장주의 제자였다니. 참으로 대단하오. 이거 남궁 형 때문에 천하장주를 만나러 가기가 훨씬 수월해질 수 있겠소이다. 하하."

"지금 나와 사부님을 욕보이는 것이더냐? 그 잘난 주둥이로 그만 떠들고 나오너라. 내 오늘 네놈의 입버릇을 단단히 고쳐주마."

"일단 진정하시구려. 말씀드렸다시피 싸우러 온 것이 아님을 알아주시오. 내 말에 기분이 상했다면 사과하리다. 승부는 군웅대회에서도 얼마든지 겨루어볼 수 있으니 그때 하십시다."

"시끄럽다. 사부님은 네놈 따위는 만나주지 않으실 거다. 정 만나고 싶거든 나를 꺾고 만나거라."

공손유찬은 여유가 가득한 얼굴이 살짝 굳었다. 남궁진
상이 비협조적일 줄은 알았지만, 이런 식으로 나올 줄은 미
처 예상하지 못했기 때문이다.

다른 후기지수들은 남궁진상과 공손유찬의 무위에 대해
알고 있다. 그리고 둘의 격차가 제법 난다는 것은 온 무림
이 아는 이야기였다. 그럼에도 남궁진상의 저런 자신감이
나 배짱이 결코 분노에서만 나오지는 않을 거라 생각했다.

그렇다는 건 그간 안 보이는 동안 무공이 진일보했다는
것으로, 내심 흥미로운 눈으로 남궁진상과 공손유찬을 살
폈다. 그중에서 남궁진상과 손속을 겨루어본 황보석해는
방금 전을 떠올리며 생각했다.

'분명 남궁 놈은 예전과 달랐다. 짧았지만, 어딘가 단단
해졌어.'

물과 기름처럼 둘은 좀처럼 섞일 수 없었다. 대화로 풀려
고 하던 문제는 점차 길어지고, 슬슬 인내심이 짧은 당삼표
의 얼굴이 와락 구겨졌다. 공손유찬이 뭐라 하기도 전에 그
의 입에서 사나운 독설이 튀어나왔다.

"쯧쯧, 꼴에 사부한테 무공 몇 개 전수받았다고 설치나
본데 네 분수를 알아라. 남궁가의 소가주란 놈이 가전무공
을 내팽개치고, 그런 근본도 없는 놈한테 무공을 배워? 네
놈 사부가 마교나 사파의 인물일지 누가 알아? 듣자 하니
안하무인에 오만함이 하늘을 찌른다고 하던데 그런 것까지

네놈 사부에게 배운 것이더냐? 남궁가가 정천맹에서 퇴출되는 날이 머지않아 보이네."

다른 후기지수들도 이 정도까진 아니지만, 이런 생각을 은연중에 가지고 있는 것은 사실이었다. 가전무공이 아닌 다른 사부를 섬겨 무공을 배운다는 것 자체가 가문에 대한 자부심이 강한 이들은 이해하기 어려운 일이었다.

그러나 당삼표와 같이 저런 말은 충분히 가문끼리 싸움이 일어날 정도로 민감한 부분이었다. 그리고 그전에 남궁진상에게 천하장주를 소개받는 일은 이미 물 건너간 셈이었다.

누구 하나 당삼표를 제대로 말리지 않았다. 아니, 못한 부분도 있다.

이것이 현 용봉회의 현실이었다.

세가끼리 묶여 있지만, 허울로 묶여진 집단.

남궁진상은 그 말을 듣고 온몸을 부르르 한 차례 떨다가 이내 담담한 태도를 취했다.

'이제 내가 저들과 같은 정천맹 소속이라는 게 구역질이 난다. 사부님의 말씀처럼 다음 세대에 정천맹을 이끌 이들이 이렇다니. 세상 사람들은 우릴 어찌 볼까? 아, 지난날의 나도 저들과 다르지 않았다고 생각하니 참으로 부끄럽고 괴롭구나.'

지난날 자신의 행동을 상기하며 능사운이 자신을 대하던

태도나 말이 이해가 갔다. 지금 이 순간 능사운이 보고 싶었다.

'아, 사부님. 사부님이라면 지금 이 상황에서 발끈해 싸우셨을까? 아니야, 사부님이라면…….'

"하암, 야밤에 지랄하고 자빠졌네. 모기 새끼들보다 더 앵앵거려서 쉴 수가 없잖아."

갑자기 허공에서 목소리 하나가 들려왔다.

장내에 있는 사람의 음색이나 말투가 아니라는 점에서 다른 사람의 목소리였다.

다소 신경질적이고, 귀찮음이 가득한 말투.

후기지수들은 기척도 느끼지 못했는데 바로 앞에서 생생하게 들려오는 목소리에 움찔거렸다. 목소리가 사방에서 울려 퍼져서 좀처럼 목소리가 들려온 곳을 찾기 어려웠다.

'언제?'

'어디서?'

반면 이 목소리는 다른 두 사람에게 묘한 편안함을 안겨 주었다. 남궁진상은 밝아진 얼굴로 그가 그토록 생각하던 능사운을 불렀다.

"사부님!"

"사부는 무슨 놈의 사부야. 너 같은 제자 둔 적 없다. 기운이 팔팔 넘치는 걸 보아하니, 내일은 그냥 휴식 없이 쭉 가도 되겠지?"

"사, 살려주십시오."

반가운 마음도 잠시, 능사운은 능사운이었다. 그의 한마디에 남궁진상은 낯빛이 흙색으로 변했다.

능사운과 남궁진상의 대화가 이루어지는 동안 후기지수들은 몇 가지 정보를 알아낼 수 있었다. 먼저 목소리의 주인공이 그들이 찾던 천하장주라는 것이었다. 남궁진상이 말하던 사제관계에 대한 것은 명확한 정보를 얻기 어려웠다. 대신에 둘의 관계가 일반적인 사제관계가 아님을 알 수 있었다. 또한 풍문대로 성격이 괴이하고 종잡을 수 없다는 것을 확인할 수 있었다.

그러나 그가 아직까지 어디서 말을 하는지 위치를 찾아내지 못했다.

공손유찬마저 능사운의 위치를 파악하지 못했다.

'…듣던 대로 대단하군. 아버님께서 고민하시는 이유를 알겠어.'

천하장주가 이대로 남궁세가 쪽으로 간다면 군웅대회에 큰 변수로 작용할 여지가 충분했다. 아직 천하장주의 정확한 실체는 모르지만, 그에 대한 세간의 평가가 과장된 것만은 아니었다.

'그렇다면 말씀하신 대로 일단 우리 쪽으로 회유를 해봐야지. 그게 안 된다면…….'

공손유찬은 태원을 나오면서 정천맹의 수뇌부에게 들은

계획을 따르기로 했다. 그리고 생각대로 되지 않을 시에는 후기지수들과 상의했던 내용을 실행에 옮기기로 마음먹었다.

"처음 뵙겠습니다. 저는 공손세가의 장자인 공손유찬이라고 합니다. 여기 다른 분들은 저와 같이 용봉회에 소속되어 있는 후기지수로서……."

능사운은 심드렁한 목소리로 공손유찬의 말을 싹둑 잘랐다. 그리고 처음 보는 사이임에도 불구하고 자연스레 하대를 했다.

"아, 됐고. 찾아온 이유나 말해."

몇몇 후기지수의 얼굴이 딱딱하게 굳었다. 당삼표는 자신의 독설을 능사운이 들었는지 신경조차 쓰지 않고, 적개심을 가득 담아 능사운을 찾으려고 혈안이었다. 반면 용봉회의 대표로 능사운과 대화를 이어가는 공손유찬은 이미 속에 능구렁이를 여러 마리 키우고 있었기 때문에 아무렇지 않게 대화를 이어나갔다.

"이번에 저희 정천맹에서 군웅대회가 있습니다. 맹에서 가장 큰 행사이자 맹의 힘을 확인하는 자리지요. 저희 맹주님께서는 평소 장주님의 명성을 들으시고, 장주님을 맹의 귀빈으로 모시고 싶어 하십니다. 하여 저희를 이렇게 보내신 것입니다."

"정천맹에서 나를 초대하고 싶다?"

"예, 그렇습니다. 정천맹에 장주님을 뵙고 싶어 하시는 분들이 많습니다. 부디 군웅대회에 참석해 주셔서 자리를 빛내주셨으면 합니다."

"나를 보고 싶다? 정천맹에서는 보고 싶은 사람이 찾아오는 것이 아니라 보고 싶은 대상이 직접 찾아가야 하나 보군."

"그런 의미가 아니오라 많은 분들이 장주님을 흠모하기 때문에 군웅대회의 자리에서 장주님을 소개하고, 알릴 수 있는 기회라고 생각해 주십시오."

능사운은 다른 후기지수들과 달리 차분하게 이야기를 이끌어가는 공손유찬을 제법 높이 평가했다. 그러나 정천맹 후기지수들 사이에서 우세한 것이지 강호라는 곳에서 보면 아직 애송이에 불과했다.

'호오, 용을 꿈꾸는 능구렁이 새끼로군. 어디까지 똬리를 틀 수 있나 볼까?'

능사운은 당삼표의 독설을 넣어서 공손유찬을 비꼬았다. 모욕적인 말에 대해 당장 화를 냈다면 대응하기 편했으리라. 하지만 능사운은 그리 호락호락한 사람이 아니었다.

"나를 알린다? 네들은 근본도 없고, 마교나 사파의 인물일지 모르는 사람을 소개하나? 안하무인에 오만함이 하늘을 찌른다는 사람이 궁금해? 정천맹 사람들은 참으로 특이하군."

이에 공손유찬은 쉬이 입을 열지 못했다. 어떻게 대답하느냐에 따라 초대를 할 수 있을지 없을지 결정이 되는 것이었다.

다른 후기지수들이 당삼표에게 따가운 눈총을 보냈다.

'제길, 언제부터 이곳에 있었던 거야? 혹시 남궁 놈이 일부러 함정을 판 걸까? 그래, 함정이었어. 이 비열한 놈, 결코 용서치 않으리라.'

이대로 자신 때문에 임무가 실패한다면 정천맹 안에서 문책을 피하기란 어렵다. 설령 문책이 없어도 실질적으로 수뇌부 사이에서 무시를 당하고 뒤로 밀려날 일이 자명했다.

당삼표는 가문을 생각해 이를 빠드득 갈며 입을 열었다.

"장주님, 송구합니다. 저는 장주님을 욕보이려고 했던 것이 아니오라 저 남궁 놈에게……."

"그게 사과냐? 아니면 먹는 사과냐? 사천당가에서는 그런 식으로 사과를 하는 모양이지? 참, 오해하지 말게. 사천당가를 욕하는 것이 아니라 당삼표 네놈에게 하는 소리니까."

남궁진상은 능사운이 똑같이 앙갚음을 해주자 속으로 통쾌했다. 천하장에 처음 올 때 자신과 크게 다르지 않다는 걸 모른 채 히죽히죽 웃어 당삼표를 더 분노케 했다.

'크크, 네깟 놈이 아무리 설쳐봤자 우리 사부님을 이길

순 없지.'

"이… 이!"

"당제는 입 다물게! 이건 당제가 잘못한 것이니, 차후 맹에 가서 이 이야기를 할 것이야. 그러니 그만 물러나."

"…크으, 알겠소."

공손유찬의 싸늘한 시선에 당삼표는 분노를 삭일 수밖에 없었다. 하나, 이번에 잘 설득이 되지 않을 때는 기필코 복수를 해주겠다고 이를 갈았다.

'두고 보자. 지금 이게 끝이라고 생각 말거라.'

당삼표를 질책한 공손유찬이 정중히 포권을 취했다.

"장주님, 아직 당제가 어려서 그러니 너그러이 용서해 주시면 감사하겠습니다. 같은 용봉회의 소속으로 당제를 말리지 못한 점이나 잘 다독이지 못한 것은 다 제가 부족한 것 때문입니다. 쉬이 노여움이 풀리지 않으시겠지만, 정천맹의 얼굴을 봐서라도 한 번 참아주십시오. 이건 저희 정천맹에서 올리는 사과입니다."

공손유찬은 어둠 속에 능사운이 보이질 않자 남궁진상과 비홍이 있는 쪽으로 고개를 숙여 보였다. 다른 후기지수들도 쭈뼛쭈뼛 고개를 숙이는 수밖에 없었다.

"그렇게까지 말한다면야 특별히 넘어갈 수도 있네만. 한데 말이야, 정천맹에서는 사과를 주둥이로만 하는가? 무인에게 자존심은 천금과 같거늘. 이대로 사과를 받는다면 세인들은 나의 아량이 넓다기보다 자존심도 없는 놈으로 볼 걸세."

능사운은 사과를 받아주는 척하면서 돌려 말했다. 정천 맹은 아랑곳하지 않는다는 의미도 있었고, 무엇보다 한 번 잡은 허점은 쉽게 놓치질 않는 능사운의 성격 탓도 있었다.

'요새 그렇지 않아도 허구한 날 공주랑 말자 때문에 짜증 이 이만저만이 아니었는데 잘되었군.'

남궁진상과 황덕칠을 수련을 빙자해 괴롭히고 놀려먹는 걸로 분이 풀리지 않았다. 그 화가 정천맹의 후기지수들에 게 향한 것이다.

이를 알 리가 없는 공손유찬과 다른 후기지수들의 머릿 속은 복잡했다.

'보상? 어떤 걸 원하는 걸까?'

명예나 자존심을 중시하는 그들로서 보상이라고 한다면 딱히 떠오르는 것이 없었다. 능사운이 정천맹의 일원이었 다면 권력이나 명예와 같은 보상을 한다고 했을 것이다.

그러나 능사운은 그들과 다른 사람이었다.

어딘가 사파나 마교 쪽에 가깝기 때문에 선뜻 무언가를 보상해 준다고 말하기 쉽지 않았다.

이런 협상에 능한 서문장천이 운을 뗐다.

"보상이라 하심은 설마 재화를 말씀하시는 겁니까?"

"에이, 나를 그런 졸장부를 보나? 돈이야 평생 쓰고 남을 정도로 있어서 필요 없네."

"그럼 천하장을 저희 정천맹 소속으로 넣어드리지요. 이건 어떠십니까?"

"그건 해준다고 해도 내가 사양하지. 난 어디에 얽매이고 싶지 않아."

좀처럼 둘의 생각이 합일점을 보이지 않자 서문중달은 능사운에게 직접 물었다.

"흐음, 저는 우매한지라 장주님의 생각을 읽을 수가 없군요. 실례가 안 된다면, 장주님이 생각하시는 보상을 말씀해주시겠습니까?"

"아주 간단해. 정천맹에 가면 그중에서 마음에 드는 아가씨 네 명만 주시게."

"그, 그게 무슨…?"

늘 차분하던 서문장천이 당황했다. 서문장천뿐만 아니라 장내의 모든 사람들이 황당한 표정을 지었다.

당사자 능사운은 태연히 말을 이어갔다.

"요새 내 옆에서 자꾸 귀찮게 하는 애들이 있어서 말이야. 이래 봬도 내가 아직 총각이야. 혼례를 올리면 좀 조용해질까 싶은데… 혼처를 정천맹에서 구하고 싶다 이거지. 좋은 가문의 여인이면 뭐 처가는 빵빵하니 평생 놀고먹고 살 수 있지 않겠어? 하하하."

"그건……."

"왜? 내가 지독한 추남일까 봐? 아니면 아버지뻘의 나이일까 봐? 그런 놈들도 있긴 한데 난 그 정도는 아니야. 나이도 서른 줄이고, 생길 만큼 생겼지. 거기다가 평생 굶게 하지 않을 자신도 있어. 어때? 이만하면 되지 않겠나?"

저 말이 진심인지 농인지 쉽사리 구분이 가지 않았다. 진심이라면 그의 요구를 어느 정도 들어줄 수도 있는 문제였다.

실제로 정천맹 안에서 세력을 키우기 위해 가문 간에 정략혼인은 흔히 있는 일이었다. 물론 그건 상대의 배경에 따라 좌우되거나 당사자들끼리 어느 정도 마음이 생긴다는 조건이 부가적으로 붙었다.

그러나 한 명도 아니고, 네 명이나 달라는 것은 이야기가 달라진다. 아무리 영웅이 삼처사첩을 거느린다고 해도 네 명 중에 우위를 정해 처와 첩을 가르는 것도 문제였다.

서문중달이 뭐라 말을 꺼내기 전에 능사운의 말에 얼굴이 벌겋게 달아오른 언예지가 발끈해 소리쳤다.

"뭐예욧! 우리가 물건도 아니고 달… 입에 담기도 싫네. 정말 저질이야, 저질. 당신 같은 사람에게 아무도 시집가지 않을 거니까 꿈 깨요! 안 그래, 언니?"

"장주, 말씀이 지나치신 것 같아요. 저희도 사람이고, 물건이 아니에요. 이건 장주가 말하는 보상과는 전혀 다른 문제인 것 같아요."

"호오, 내가 실언을 했다? 그럼 정천맹에서 정략결혼이 행해지는 것은? 너희 가문에서는 물건도 아닌 너희를 사랑과 관계없이 좋은 가문으로 보내잖아? 이건 나와 다르다 이건가?"

"엄연히 다르죠! 그건 가문끼리 힘을 합치는 것도 있고, 어린 시절부터 보고 자라서……."

"지매, 그만해."

"언니!"

제갈수연은 고개를 혼들었다. 그녀가 이렇게 나오는 건 그녀도 정략결혼의 희생자로서 이미 혼처가 정해져 있기 때문이었다. 그렇기에 능사운의 저런 이죽거림에 똑 부러지게 말을 할 수 없었다.

여인들의 부정적인 시각을 듣고서 서문장천은 한층 더 난감한 얼굴로 어렵게 말을 꺼냈다.

"혼인은 인륜지대사로 저희 마음대로 할 순 없습니다. 장주님께서 정천맹에 오셔서 훌륭하신 인품이나 무공 등을 보이고 호감을 얻으시는 것이 우선일 듯합니다."

"너희 결정이 그렇다면야 존중하지. 괜찮아, 괜찮아. 혼처야 정도련이나 마교에서 구하면 되지. 마교에서는 준다고 할 것 같은데? 이참에 마교나 가볼까?"

"장주님, 다른 걸 생각해 보시지요."

공손유찬이 마지막으로 능사운을 설득하려고 했다.

그 설득이 효과가 있었을까?

모처럼 능사운이 긍정적인 대답을 했다.

"걱정 마. 어차피 군웅대회는 갈 거니까."

"감사합니다. 그럼 저희가……."

"아, 그런데 어쩌나? 너희를 따라갈 마음은 없다. 그냥 가서 구경이나 좀 하고 오든가 해야지. 저 모자란 놈하고 너하고 대결도 보고, 올해는 누가 맹주가 되는지, 팔대세가는 어떤 가문이 되는지 정도만 보고 올 거야. 그러니까 너무 신경 쓰지 말라고."

능사운의 말은 명백한 도발이자 협박이었다. 아직 능사운의 정확한 실력을 몰라 큰 위협은 느낄 수 없었다. 하지만 불길한 예감이 들었다.

공소유찬은 능사운의 마음을 돌리기는 힘들 거라 생각하여 마지막으로 경고를 했다.

"지금의 이 결정이 후회가 되실지도 모릅니다. 다시 한 번 생각해 보시지요."

"후회? 그게 어떤 말일지는 너희가 나중에 더 잘 알게 될 거야. 흐아암, 졸리니까 그만 가봐."

소문대로 능사운은 오만함이 하늘을 찌르는 듯했고, 저것이 정말 실력에서 비롯된 거라면 강자가 가지는 여유나 자신감일 것이다.

그거야 지금은 확인해 볼 수가 없었다.

허공에서 능사운의 목소리가 울렸다.

"너희도 연애질 그만하고 빨리 와."

그 말의 주인공인 남궁진상과 비홍은 화들짝 놀랐다.

"큼큼."

남궁진상이 어색하게 헛기침을 하는 반면, 비홍은 뒤도 돌아보지 않고 먼저 가버렸다.

"나, 낭자. 같이 가요~"

남궁진상과 비홍이 떠나고 나자 장내에는 만신창이가 된 후기지수들만이 남았다. 직접적으로 싸움을 하지 않았으나 능사운과 대화를 나누고 나니 이상하게 기운이 쭉 빠지는 느낌이었다.

밤은 점점 깊어져 가고, 그들도 여기에 계속 이러고 있을 수 없었다.

공손유찬이 잠시 달을 올려다보더니 나지막이 입을 열었다.

"다음 계획을 진행합시다."

"알겠어요."

제갈수연이 대답을 하자 다른 후기지수들도 고개를 끄덕이며 동의를 보냈다. 특히 당삼표는 이를 빠드득 갈며 오히려 이렇게 된 것에 즐거워했다.

'으흐흐흐, 기다려라.'

그들도 이제 이곳에서 볼일이 없어 그 자리를 떠났다. 어쩌면 이것이 군웅대회의 시작을 알리는 서막일지 몰랐다.

모두가 가고 텅 빈 숲 속.

구름에 달이 잠시 가렸다가 다시 떴을 때, 그 자리에는 우두커니 한 명이 서 있었다.

그는 다름 아닌 능사운이었다.

"계획대로 진행이라? 적어도 심심하진 않겠어."

한 차례 씩 웃은 그의 얼굴에 이내 씁쓸한 미소가 걸렸다.

"내 동생들도 저런 나이겠지? 어떻게 잘 컸으려나? 하아, 만나기 전에 가정을 꾸린 모습을 보여주고 싶은데 될지 모르겠군."

방금 전 말은 빈말이 아니었다.

능사운은 주소연과 말자가 귀찮아 몰래 빠져나왔다가, 마침 남궁진상과 비홍이 가는 걸 보고 조용히 뒤를 미행했다. 그리고 처음부터 끝까지 나무 위에 누워 지켜보고 있었다.

그러면서 괜히 남궁진상 놈이 괘씸하고, 가슴 한구석이 허전한 기분이 들었다.

"…나도 늙어가나 보네. 새삼 외롭고 말이야."

달달한 그들을 정천맹 후기지수들이 방해해도 마냥 부러웠다. 살아남기 위해서 근 삼십 년을 정신없이 검을 휘두르고 살다 보니 여인을 가까이 해본 적이 없었다.

천하장이 북적북적 사람도 많아지고, 그의 옆에 좋다고 달라붙는 주소연이나 말자가 있었다. 그럼에도 그녀들이 아직 여인으로 느껴지지가 않았다.

그렇다 보니 그는 여전히 혼자였다.

동생들이라도 빨리 찾으면 덜 외롭지 않을까 막연한 생각에 능사운은 한동안 달을 올려다봤다. 그리고 다시 달빛이 어둠에 잠겼을 때, 그곳엔 더 이상 능사운이 서 있지 않았다.

대신에 짧은 탄식이 남아 있었다.

"…같이 살아간다는 건 무엇일까?"

그 해답을 찾기 위한 여행은 아직 진행 중이다.

第四章 용봉회의 음모(上)

　정천맹 후기지수들과 마주친 이후로 딱히 능사운 일행 앞으로 누군가 나타나진 않았다. 그렇게 그들은 섬서성 감천(甘泉)을 거쳐 한참 관도를 타고 정천맹 총단이 있는 산서성 부근까지 넘어왔다. 감천을 떠난 뒤로 별다른 마을이 없어 거의 노숙을 하는 일이 잦아 그들의 몰골은 썩 좋지가 않았다.

　특히 마차를 끌고 있는 남궁진상과 황덕칠은 개방의 거지라고 해도 믿을 정도의 너저분한 몰골로 마차를 죽기 살기로 끌었다.

　산서성 경계에 들어와 노숙을 한 지 열흘 정도가 흐르고 나서야 그들은 섬서성에서 산서성으로 넘어가는 제법 큰 마을인 자장(子長)에 당도할 수가 있었다.

마을의 입구에서 남궁진상과 황덕칠이 누가 먼저랄 것도 없이 풀썩 쓰러졌다. 자연히 마차가 멈추었고, 코빼기도 비치지 않던 능사운이 그제야 모습을 드러냈다.

"뭐야? 벌써 태원에 도착했어?"

대꾸할 힘도 없는 남궁진상이 흙바닥에 얼굴을 파묻고 꿈틀거렸다. 그의 옆에 있던 황덕칠 역시 기가 막혀 그의 콧김에 흙먼지가 피어났다.

'으으, 악귀!'

이때, 말을 탄 유휼이 유유히 다가와 그들 대신 능사운에게 보고를 올렸다.

"태원까지는 열흘 정도가 더 걸릴 것 같습니다. 중간에 마을이 있어 잠깐 멈춘 것입니다."

"음, 그래? 난 이놈들이 또 게으름 피우나 했지."

"하하, 명을 내려주시지요."

유휼은 능사운에게 이대로 마을을 지나쳐 다음 마을까지 갈 것인지 해맑게 물었다. 반면 그 틈에 휴식을 취하던 남궁진상과 황덕칠이 고개를 겨우 들어 능사운을 간절한 눈빛으로 올려다봤다.

'으, 제발.'

'…좀 쉬자.'

능사운은 힐끔 마차 위쪽을 살피더니 입을 열었다.

"식량은?"

"이틀 전에 사냥을 하여 닷새 정도는 충분합니다. 다만 물과 몇 가지 향신료는 거의 바닥을 보이고 있습니다."

"그럼 애들 몇 보내서 필요한 것들 준비하고, 나머지는 객잔에서 간단히 허기 좀 채우고 난 뒤에 다시 출발하지."

"알겠습니다."

어쨌든 마을 안까지 가려면 다시 움직여야 했다.

남궁진상과 황덕칠은 잠시 쉬어간다는 소리에 기뻤던 마음도 잠시, 어두운 음영이 드리웠다.

"어쭈, 동작 봐라. 그놈의 사랑타령 할 때 넘치던 힘은 어디 갔어? 엉? 이럴 게 아니지. 공주가 요새 비홍이 이상하다고 걱정을 하던데 그 이유를……."

능사운이 말끝을 흐리자 남궁진상은 벌떡 일어난 것도 모자라 수련하기 위한 자세를 취했다.

"아, 아닙니다. 잠시 적이 없는지 확인을 하느라, 하핫! 이렇게 아직도 힘이 넘칩니다. 웃차, 웃차!"

"호오, 그래? 힘들면 쉬어도 되는데…?"

남궁진상은 팔다리가 후들거려도 꿋꿋이 영허를 익히기 위해 제자리에서 분주하게 뛰었다. 그의 입에서는 퀭한 얼굴과 전혀 다른 말이 나왔다.

"괜찮습니다. 열심히 수련하여 꼭 사부님의 기대에 부응

하겠습니다."

"그딴 건 필요 없고, 군웅대회 때 한 번이라도 진다면…
그때는 다른 수련방법을 알려주지."

"명심 또 명심하겠습니다."

생존을 위해서는 반드시 이겨야 했다. 그러기 위해서는
지금의 수련은 꾹 참고 버텨내는 수밖에 없었다. 공손유찬
과 다른 후기지수들에게 앙갚음을 해주겠다는 의지로 남궁
진상은 힘을 냈다.

능사운은 남궁진상을 지나 어느새 일어나 눈치를 살살
살피고 있는 황덕칠에게 다가갔다.

"아니, 이게 누구야? 황덕칠이 아니야? 여기 왜 이러고
있어?"

"사, 살려주십시오."

"누가 죽인데? 가서 보고해야 하잖아?"

황덕칠이 무릎을 털썩 꿇고 능사운의 발목을 붙잡고 늘
어졌다. 이 모습이 과연 황보세가의 차남이라고 할 수 있는
지 의심이 들었다.

"저번에 말씀드린 대로 정말 사소한 것만 보고했습니다.
천하장에 있기 위해서는 어쩔 수가 없었습니다. 제 말을 한
번만 믿어주십시오."

능사운은 그의 말이 거짓이 아님을 알고 있었다. 장원에
있을 때부터 모든 하인들이 보내는 전서구를 일일이 중간

에 뺏어 읽는 수고를 했었다. 물론 매번 그런 것은 아니지만, 중요한 사건이 있고 어떤 식으로 보고가 되었는지 확인을 했었다. 그리고 필요한 내용이 있다면 거기에 더 보태거나 고쳐서 보내기도 했다.

이번에 정천맹에 가는 여정 속에 여러 가지 보고가 이루어지고 있었다. 그는 천하장에서 친위대들로 올라오는 보고를 알고 있었고, 천명왕에 가는 보고는 유휼을 통해 알고 있었다. 비공식적인 보고는 황덕칠이 정천맹에 보내는 전서응과 후기지수들에게 연락을 취했던 전서구였다.

어떤 면에서 눈에 띄는 전서구나 전서응보다는 표식을 남겨서 그걸 암호화하는 것이 안전한 수단이지만, 그럴 수가 없었다. 표식을 남기는 족족 친위대 무사들이 지워 버리거나 그걸 확인하러 온 첩자는 이미 이 세상 사람이 아니었기 때문이다.

능사운은 유휼을 통해 전서구와 전서응의 관리를 하도록 지시했다. 전서구와 전서응을 용인하는 이유는 이쪽의 정보를 조작할 수 있고, 상대를 뜻대로 움직이게 한다는 목적에 있었다.

그가 황덕칠의 이런 행동을 알고도 여태 쫓지 않은 것은 확실한 이유가 있었다.

우선 황덕칠의 말처럼 그는 정말 사소한 내용만 보고했다. 경로나 일행이 몇 명 정도인지만 보고를 했다. 그 일행이 누구누구다라는 내용은 두루뭉술하게 밝혔다.

만일 그가 주소연의 정체나 다른 친위대에 대해 세세하게 적었다면 이곳에 동행하지 못하고 있을 것이다.

다음으로 황덕칠은 능사운이나 앞으로 정천맹에 가서 꼭 필요한 존재였다.

정천맹 안에서 천덕꾸러기로 전락했고, 가문에서는 차남이라는 이유로 무시를 당하는 그는 정천맹에 대한 충성심이 그리 깊지가 않았다.

팔대세가라는 여덟 개의 중심축으로 이루어진 정천맹은 언제든지 무너지기 쉬운 구조였다. 이번 군웅대회에서 남궁세가에 조력할 수 있는 세력을 만들려면 황덕칠이 필요했다.

그런 계산을 했기 때문에 황덕칠에게도 무공을 가르쳤고, 장차 그를 황보세가의 가주로 만들기 위한 포석이 깔려 있었다.

능사운은 황덕칠의 어깨를 툭툭 두드렸다.

"난 누구도 안 믿어. 그러니까 그딴 소린 집어치우고 그냥 평소대로 하란 이야기다. 저들에게 우리의 위치를 알려주도록 해. 단, 인원은 천하장에 거주하는 무사 몇 명이 심부름으로 절반 정도가 빠졌단 내용만 추가로 적어라."

"그, 그래도 괜찮습니까?"

"장원에서 네놈이랑 다른 놈들이 날려대는 전서구가 한

두 번도 아니고. 그런 걸로 신경 쓰지 않는다. 다만, 네놈들이 스스로 묏자리를 팔 정도로 미련하지 않는다는 것 정도는 알지. 이미 낭떠러지까지 왔으니까."

"믿어주셔서 감사합니다."

"안 믿어. 헛소리 말고 전서구 날리고 나면 바로 수련해. 그렇게 물러 터져서 잘도 정천맹에 가겠다."

황덕칠은 눈가에 눈물이 그렁그렁 맺힌 채 연신 고개를 조아렸다. 능사운이 하는 말의 의미를 알고 있기 때문에 답답한 마음이 풀리면서 이제까지의 설움이 한 번에 밀려왔다.

남궁진상을 통해 후기지수들이 찾아왔다는 이야기를 듣고 황덕칠은 며칠 동안 잠을 제대로 자지 못했다. 이제까지 보고를 했지만, 저들이 직접적으로 움직일 줄은 미처 예상하지 못했기 때문이다.

능사운이 어떤 식으로 행동할지 모른다는 두려움과 자신을 배려하지 않는 정천맹의 행동에 화가 났었다.

이제 또 버림을 받든지 아니면 심한 문책을 당하든지 여러 가지의 뒤탈을 생각하니 본인이 한심스럽기 짝이 없었다.

그런데 오늘 능사운의 저런 말과 행동은 어떤 면에서 황덕칠의 배경을 떠나 황덕칠이란 인간 자체를 보고 있다는 점에서 고마웠다. 또한 자신을 내치지 않고 그래도 안고 가

준다는 점에서 황덕칠의 마음은 이미 정천맹이 아닌 천하장 쪽으로 기울고 있었다.

*   *   *

능사운은 마차 안에서 골똘히 생각에 잠겼다. 정천맹으로 가기 전에 후기지수들은 어떤 식으로든 그들을 방해할 것이 분명했다.

'그냥 이대로 무시하고 갈까? 아니면 역으로 이용을 할까?'

둘 중에 어떤 것도 가능했다.

전자 쪽은 정천맹으로 가는 길이 귀찮지 않게 될 것이고, 후자 쪽은 군웅대회에서 써먹을 수가 많아지게 된다.

그것을 위해 출발하기 직전에 유휼을 통해 친위대 여덟 중 네 명에게 임무를 내렸다.

앞으로 태원에 도착하기까지 지날 마을이 몇 개 남지 않았다.

슬슬 선택지가 좁아지고 있었다.

그러는 사이 마을의 초입에 이르렀다.

능사운은 일단 이곳에서 쉬기로 했다. 이미 마차의 속도가 현저하게 느려짐을 체감했다.

"여기서, 휴식!"

그는 주소연과 말자의 아옹거림을 뒤로한 채 마차에서 나왔다. 그리고는 습관처럼 남궁진상과 황덕칠에게 한마디 쏘아붙여 주었다.

"아주 영영 쉬게 해줄까? 속도가 점점 줄어든다?"

능사운의 협박성 어린 말이 그들이 육체적으로 느끼는 고통에 대한 공포보다 몇 배나 무섭게 그들을 옥죄여 왔다.

"아이고, 아닙니다."

"아주 팔팔합니다."

둘은 누가 먼저랄 것도 없이 허리와 어깨를 조이던 끈을 단단히 부여잡고 후들거리는 다리로 땅을 힘껏 밟았다.

'니미럴.'

말이 울부짖는 이유를 어렴풋이 알 것만 같았다.

능사운은 자신의 곁으로 다가온 유휼에게 전음을 보냈다.

[이 앞마을 동태는 어떠하지?]

[장주님의 말씀처럼 그들이 이미 와 있는 것 같습니다. 어쩔까요?]

[공주의 신변을 생각하면 그냥 가는 편이 좋겠지.]

[저 역시 그렇게 생각하고 있습니다.]

[그래, 그럼 그냥 잠시 쉬고 빠르게 지나간다.]

[알겠습니다.]

애초에 간단히 허기를 채운 뒤에 여정을 계속하려고 했

다. 그러나 막상 마을에 들어오기 무섭게 주소연이 능사운의 팔을 잡아당기며 몸을 배배 꼬기 시작하면서 일이 틀어졌다.

"장주~"

능사운은 자신을 부르는 코맹맹이 소리를 애써 못들은 척했다.

그동안 능사운이랑 생활하면서 나름대로 내공이 쌓인 주소연이 포기하지 않고, 비음을 한층 더 넣어 그를 불렀다.

"자앙주우~"

주소연의 손길을 뿌리치려던 능사운이 흠칫했다.

초롱초롱한 눈으로 자신을 올려다보는 주소연의 눈길을 애써 피하자 유휼을 비롯한 친위대가 웃음기 어린 표정을 짓고 있었다. 슬그머니 다시 시선을 돌리니 이번엔 비홍이 살기 어린 눈으로 쏘아보는 게 아닌가.

결국 피할 곳이 없는 능사운이 짧게 한숨을 내쉬고 대꾸를 했다.

"이거 좀 놓으시오. 징그럽게 뭐하는 짓이오?"

"나 너무 피곤해. 계속 밖에서 잤더니 몸도 안 좋고, 우리 오늘만 여기서 쉬었다 가자. 응?"

이에 그들을 못마땅하게 지켜보던 말자까지 주소연과 마찬가지로 능사운의 나머지 손을 꼭 끌어안으며 가세했다.

"넌 또 뭐야?"

"전 목욕하고 싶거든요."

"며칠 전에 했잖아? 가다가 개울에서 대충 씻으면 되잖아."

"싫어요. 뜨거운 물로 하고 싶다고요!"

말자의 투정에 주소연은 처음엔 샐쭉한 표정을 짓다가 그녀 역시 따뜻한 물에 목욕을 하고 싶은 마음에 동조를 하고 나섰다.

"나도, 목욕! 목욕할래."

"안……."

능사운은 딱 잘라 거절하려고 했다.

그러나 그녀들 이외에 꾀죄죄한 몰골의 친위대도 그렇고, 특히 남궁진상과 황덕칠이 눈물 그렁그렁한 눈으로 쳐다보는 것이 괜스레 신경이 쓰였다.

능사운으로 살아온 지도 반년이 넘었다. 그럼에도 아직까지 낭인 시절의 습관이 문신처럼 몸에 남아 있었다.

'에효, 내가 지금 낭인도 아니고.'

이제는 급하게 살 필요가 없었다. 마음 가는 대로 몸 가는 대로 유유자적 살면 그만이다.

능사운이 두 손까지 간절히 모으고 있는 남궁진상을 불렀다.

"야. 그 잘난 대회까지 얼마나 남았어?"

"아직 하, 한 달 정도 남았습니다!"

"태원까지는?"

길 안내를 하던 황덕칠이 남궁진상의 대답을 가로채 서둘러 대답했다.

"여, 열흘이면 충분하고도 남을 겁니다."

"흐음."

모두의 시선이 능사운에게 몰렸다.

'이렇게 되면 후기지수 애들과 놀아야 하겠군. 하아, 내 팔자야. 뭐, 군웅대회를 위한 대비라고 치자. 그동안 쉬지 않고 달려왔으니.'

능사운은 그 부담스러운 시선을 애써 무시하며 유휼에게 명령을 내렸다.

"좋아, 오늘은 편히 쉬고 내일 일찍 출발하기로 하지."

능사운의 속내를 알고 있는 유휼이 걱정이 되어 전음을 보내왔다.

[괜찮겠습니까?]

[하아, 공주 성격 잘 알잖아? 애들도 많이 지친 것 같고, 쉬었다 가는 셈 치지.]

[하핫, 알겠습니다.]

[그래도 긴장의 끈을 놓지 마. 우린 철저히 경극을 하는 거야. 저들에게 속아주면서 저들을 속여야 할 거야.]

[분부에 따르겠습니다.]

"알겠습니다."

유휼이 밝게 웃으며 고개를 숙였다.

덩달아 친위대의 얼굴이 환하게 밝아졌으며 능사운의 양옆에 매달려 있던 주소연과 말자 또한 오랜만에 화사한 미소를 지었다. 그 둘은 웃다가 우연히 서로를 보더니 또다시 냉랭하게 고개를 홱홱 돌려 버렸다.

이들 중 가장 기뻐하는 것은 단연 남궁진상과 황덕칠이었다. 서로를 부둥켜안고 기뻐하는 그들에게는 무공 성취보다 더 큰 행복감일지도 몰랐다.

"일단 네놈 둘은 마차나 끌고 와."

물론 능사운의 사악한 말이 들려왔지만, 어쨌든 꿀맛 같은 휴식에 그들은 짐짝처럼 무겁기만 하던 마차를 힘차게 끌었다.

애초의 계획과 달리 객잔에서 하루를 편히 쉬었다 가기로 결정을 내리자 능사운 일행은 곧 마을에서 가장 큰 객잔을 찾아야만 했다.

하나둘 객잔을 찾아 나서는 그들의 발걸음이 가벼워 보였다. 물끄러미 그들을 지켜보던 능사운의 입꼬리가 살짝 올라갔다. 낭인 시절 느껴보지 못했던 감정이 썩 나쁘지가 않았다.

'이런 게 사는 맛인가?'

*　　　*　　　*

중양은 세 갈래로 뻗은 관도의 중심에 세워진 상당히 큰 마을로 사람들의 왕래가 잦은 곳이었다. 당연히 여행객들을 위한 객잔이나 주루들이 즐비하게 늘어서 있었다.

능사운 일행은 친위대를 포함해 적지 않은 인원인지라 그들을 모두 수용할 수 있는 객잔을 찾아야만 했다. 친위대 무사 두 명이 근방의 객잔을 수소문하다가 주소연의 입김 덕분인지 작은 장원의 별채를 따로 하나 빌려왔다.

무가의 장원이 아닌 학문을 연구하는 관료 집안의 장원인지라 장원은 전체적으로 정갈한 분위기를 자아냈다.

장원을 관리하는 초로의 노파가 주름이 자글자글한 얼굴에 미소를 지으며 물었다.

"어떠십니까?"

능사운의 시선이 노파의 얼굴에 고정되어 있었다. 자글자글한 주름이 가득한 얼굴은 세월의 흔적이 역력해 보였다. 주름진 눈꺼풀 아래 노파의 검은 눈동자에 능사운의 눈동자가 한동안 고정되어 있었다. 그러나 이내 능사운은 노파에게서 시선을 거두었다.

일순간 노파의 눈동자 역시 그런 능사운을 한 번 쫓더니 그 옆에 주소연과 말자에게로 시선을 옮겼다.

미묘한 눈싸움은 그 둘만의 일이었지 다른 사람들은 전혀 관심이 없는 듯했다.

그들은 그저 쉴 수 있다는 사실에 좋았다. 노숙을 하다가 이런 곳에서 하루나마 쉴 수 있다는 사실이 그저 감지덕지한 일이었다.

다만 가장 까다로운 주소연이 약간의 뜸을 들이더니 고개를 끄덕였다.

"뭐, 나쁘진 않네."

그녀의 신분을 모르는 노파가 봤을 때, 그녀의 태도가 무례해 보일 수도 있었다. 그러나 노파는 아랑곳하지 않고 능사운 일행에게 공대를 했다.

"흘흘, 마음에 드신다니 다행이군요. 그럼 식사부터 하시겠습니까? 아니면 목욕을…?"

이 선택지 또한 남자들은 무신경했다. 어떤 걸 먼저 하든지 그들에겐 크게 상관이 없었다.

그러나 여자들은 달랐다.

여성들 중 비홍을 제외한 주소연과 말자는 누가 먼저랄 것도 없이 당장에 자기가 하고 싶은 걸 주저 없이 외쳤다.

"목욕!"

항시 티격태격하는 둘이었지만, 이번엔 이구동성으로 같은 말을 했다.

둘은 서로 동시에 같은 말을 했다는 사실에 놀란 표정을 짓던 것도 잠시, 서로를 매섭게 노려보더니 다시 입을 열었다.

"…그럼 밥!"

서로 반대되는 걸 외쳤는데 우연히 같은 걸 또다시 외쳐버리고 말았다.

둘의 미묘한 신경전에 이를 지켜보는 사람들은 그저 답답했다. 그 상대가 그들이 끔찍이 모셔야 할 공주라는 신분 때문인지 무어라 말도 못하고, 묵묵히 듣고만 있었다.

"이… 이! 왜 따라해?"

"누가 할 소리."

"감히 건방지게!"

"흥!"

급기야 둘 사이는 냉랭한 냉기와 함께 말싸움으로 이어졌다.

이렇게 방관하고 있다간 꼬박 밤을 샐 것이 뻔했다. 결국 그 둘을 중재할 수 있는 유일한 사람인 능사운이 이마에 손을 짚으며 끼어들었다.

"이러다 날 새겠다. 에효, 애들도 아니고 이런 걸로 싸우고 난리야."

"뭐예욧!"

두 여자가 눈을 흘겼다.

능사운은 그녀들의 매서운 시선에도 아랑곳하지 않고, 성큼성큼 별채 안쪽으로 걸어갔다.

"그래, 난 갈 테니까. 밤새 그러고들 있든지."

그 뒤를 당장에 쉬고 싶은 마음이 굴뚝같던 남궁진상과 황덕칠이 졸래졸래 따랐다. 이어서 주소연에게 인사를 올린 유휼이 따랐고, 친위대 무사들 역시 유휼을 따라 움직였다.

장내에는 노파를 사이에 두고 주소연과 말자 그리고 비홍만이 덩그러니 남게 되었다.

졸지에 두 여자는 멀어져 가는 능사운의 등을 닭 쫓던 개 지붕 쳐다보듯이 지켜보다가 누가 먼저랄 것도 없이 부랴부랴 그 뒤를 쫓기 시작했다.

"같이 가!"

"기다려요."

마지막 뒷마무리는 이번에도 비홍 몫이었다.

"목욕부터 하겠습니다."

비홍이 노파에게 짧게 목례를 취하고, 주소연의 뒤를 따라 별채 안으로 들어가 버렸다.

이제 노파 혼자만이 남았다.

노파는 그들이 모두 별채 안으로 들어가는 걸 확인하고 몸을 돌렸다.

걸음을 옮기던 노파의 구부정하게 굽었던 허리가 점점 펴지더니, 월동문에 가까워져서는 온전하게 변했다. 그리고 젊은 사람처럼 걸음걸이가 가벼워 보이는 것이 아닌가.

노파가 월동문을 지나기 무섭게 담 아래 사내 하나가 몸을 기댄 채 서 있었다.

"준비는?"

사내의 물음에 노파의 입에서 이전과 달리 젊은 여인의 청아한 목소리가 새어 나왔다.

"절대 이 안에서 못 나올 거예요."

"후후, 역시 제갈세가군."

＊　　＊　　＊

목욕물이 준비가 된 지 불과 반각 만에 남궁진상과 황덕칠이 가장 먼저 별채 밖으로 나왔다. 그들은 각자의 목욕통에 들어갔을 뿐인데 물이 흙탕물로 변해 버려 씻는 데 큰 의미가 없었다.

그들은 마차를 끄느라 배가 등가죽에 붙었다고 해도 과언이 아니었다. 목욕물을 준비해 주던 시비가 알려준 식당을 향해 누가 먼저랄 것도 없이 내달렸다.

별채의 입구는 처음 들어왔던 월동문이 전부였다.

둘의 쓸데없는 경쟁심의 승자는 미묘한 차이로 남궁진상이 더 빨랐다. 황덕칠이 월동문을 뚫을 기세로 그 뒤를 내달렸다.

'이겼다!'

'으, 분하다.'

그 기세로 식당까지 힘차게 나아가려던 그들은 그러나 얼마 지나지 않아 멍청하게 멈추어 설 수밖에 없었다.

"뭐, 뭐야?"

"…왜 다시 돌아온 거지?"

허탈하게 중얼거리는 황덕칠의 말처럼, 어찌된 일인지 눈앞에 분명 그들이 나왔던 별채가 서 있는 게 아닌가.

둘이 거꾸로 달리지 않는 한 다시 별채로 돌아올 수는 없었다. 분명 별채의 입구는 그들의 뒤쪽에 있는 월동문이 전부였다.

'너무 달리다가 다시 돌아와 버린 걸까?'

멍청한 생각이긴 하지만, 지금 눈앞에 닥친 현실에 납득할 만한 이유 중에 하나였다.

남궁진상은 몸을 돌렸다.

다시 월동문 쪽으로 달려갔다. 이어서 황덕칠도 지지 않고 그의 뒤를 쫓았다.

"헉, 헉."

내공 없이 순전히 근력으로만 달리던 남궁진상이 거칠게 숨을 토하며 멈추었다. 더 이상 달릴 엄두가 나지 않았다.

떨구고 있던 고개를 들자 다시 별채가 보였다.

그의 눈이 정상이 아니거나 미치지 않고서야 눈앞에 보이는 별채를 뭐라 설명할 수 있을까?

그건 비단 그 혼자만의 일이 아니었다.

황덕칠 또한 눈앞에 보이는 별채를 확인하고 풀썩 주저 앉았다.

"쓰벌! 또, 또 왔잖아."

"빌어먹을. 우리가 미치지 않았다면⋯ 이건 틀림없이 진법이다."

남궁세가는 검술뿐만 아니라 진법 실력도 만만치가 않았다. 강호에는 기관 진법과 진식으로 조예가 깊은 제갈세가 때문에 잘 알려지지 않았지만, 남궁세가의 직계 가족들은 기본적으로 진법 공부를 해왔다. 그 덕분인지 남궁진상은 몇 번의 고생을 통해 저 월동문에 진식이 걸려 있다는 사실을 깨달을 수가 있었다.

분한 표정의 황덕칠이 주먹으로 애꿎은 땅바닥을 때렸다.

"어떤 후레자식이! 으으, 사람 밥도 못 먹게."

"내가 눈치 못 챌 정도라면 만만치 않은 진식이야. 대체 어떤 놈이지?"

정천맹으로 향하는 여정 속에 가끔 간덩이가 부었거나 아침잠이 덜 깬 녹림도 몇이 덤비는 경우가 종종 있었다. 그러나 그들은 큰 위협이나 방해가 되지 못했다.

남궁진상과 황덕칠은 최근에 정천맹의 후기지수들이 찾아온 일을 떠올렸다. 그들이 찾아온 이유는 능사운을 초대하러 온 거지, 딱히 정천맹에 가는 것을 방해하기 위함은 아니었다.

그럼에도 정천맹의 후기지수들이 마음에 걸렸다.

이 정도의 진식을 칠 수 있는 가문이라고 하면 제갈세가와 서문세가가 떠올랐다.

무(武)보다 지(知) 쪽이 강한 두 가문은 이런 진식에 능했다.

'정천맹인가?'

'그런데 왜 이런 진식을 친 거지?'

정천맹의 후기지수들이란 생각이 이어지자 그들이 이런 진식을 친 저의(底意)가 궁금해졌다.

'우릴 방해하려고? 왜?'

여러 가지 생각이 교차했고, 둘은 쉬이 답을 내리지 못했다. 일단 진식을 친 사람이 누구인지는 진식을 빠져나가야 알 수 있는 노릇이었다.

'진식을 어떻게 해결하지?'

이대로 시간이 지나 능사운이 나온다면 어떻게든 해결이 되리란 확신이 있었다.

그러나 그가 해결을 하더라도 자신들을 무능력하고, 쓸모없다고 갈굴 것이란 사실이 자명했다.

'이 기회에 이걸 해결하면……'

둘의 머릿속에 목적은 다르지만, 똑같은 생각이 번쩍이고 지나갔다.

남궁진상은 비홍에게 점수를 얻기 위함과 동시에 능사운에게 제자로 인정받기 위한 목적이었고, 황덕칠은 이번 기회를 통해 자신이 정천맹을 떠나 능사운에게 충성을 다하겠다는 믿음을 보이겠다는 목적으로 두 눈을 반짝였다.

누가 먼저랄 것도 없이 그들은 용감하게 월동문 근처로 다가갔다.

월동문을 중심으로 그들 키 정도의 담이 두껍게 별채를 감싸고 있었다. 한마디로 월동문을 지나든지 담을 넘든지 해야 밖으로 나갈 수가 있었다.

남궁진상보다 황덕칠의 행동이 더 빨랐다.

황덕칠은 일단 발밑에 굴러다니는 돌을 하나 주워 담 쪽에 던져 보았다.

돌멩이는 포물선을 그리고 담을 넘어 사라졌다.

툭.

소리가 들리는 걸로 보아 제대로 떨어진 모양이었다.

황덕칠이 남궁진상을 씩 웃고는 지체 없이 신법을 펼쳐 담 위로 훌쩍 날아올랐다. 이제 담을 넘어 착지만 끝내면 완벽하다고 여겼다. 가뿐히 땅에 착지를… 그러나 생각과 달리 땅을 디딜 수가 없었다.

"어, 어… 어어."

갑자기 멀쩡하던 땅거죽이 흐물흐물하더니 늪으로 변해버렸다. 땅을 디디는 순간 바닥이 쑥 꺼지면서 밑으로 빨려

들어가는 느낌에 황덕칠은 다급히 위로 솟구치기 위해서 발에 내공을 있는 힘껏 밀어 넣었다.

한편, 남궁진상은 기세 좋게 담 위로 날아오르던 황덕칠이 그대로 담을 넘지 못하고 아래로 떨어져 내리는 걸 볼 수 있었다. 거기서 그치지 않고, 무언가에 홀린 사람처럼 그 자리에서 위로 솟구쳤다 떨어졌다를 반복했다.

딱 봐도 진식에 걸린 것이 뻔했다.

"흐흐, 멍청한 놈. 저러니 팽가 다음으로 무식하단 소리를 들어먹지."

남궁진상이 비릿한 미소를 지었다. 그리고 진식에 걸려 허우적거리는 황덕칠을 지나쳐 담 쪽으로 다가갔다.

"보아하니, 월동문을 포함해 저 담 위쪽에 진식이 설치된 모양이군. 이럴 땐 뭐니 뭐니 해도……."

그는 주저 없이 담 아래 손을 뻗더니 열심히 그 주위의 흙을 맨손으로 파기 시작했다.

손에 내공까지 주입해 흙더미를 파헤치기를 반각 정도나 지났을까? 그의 주위로 흙이 제법 쌓였고, 상체가 들어갈 수 있을 정도로 구멍이 만들어졌다.

"끄응. 조금만 더……."

언제 다른 사람이 올지 몰랐다.

그 안에 멋지게 진식을 해결하고 싶은 욕심에 그의 손이 더 빨라졌다.

다시 그러기를 얼마나 지났을까?

드디어 이쪽에서 뚫은 구멍이 저쪽에까지 닿기 시작했다. 막 담이 세워진 부분을 뚫고 그의 손이 흙더미를 파헤치는 순간.

"윽."

남궁진상은 손끝에 간질거리는 느낌이 들더니 이내 따끔한 아픔을 느꼈다. 그와 동시에 저릿한 기운이 몸 안으로 퍼지면서 몸에 마비가 옴을 느꼈다. 몸 안으로 미처 손쓸 틈도 없이 독이 퍼졌다.

안면근육을 부르르 떤 그는 손을 시커멓게 뒤덮고 있는 한 무리의 개미 떼를 볼 수 있었다.

'으으, 아, 안 돼.'

남궁진상은 목소리가 튀어나오지 않았다. 점점 의식이 흐릿해지더니 그대로 고개를 처박고 쓰러졌다.

*   *   *

"장주님."

"왜?"

능사운은 막 목욕을 끝내고 옷을 갖추어 입다가 들려오는 유휼의 목소리에 또 무슨 사고가 터졌음을 직감했다.

"…나와 보셔야 할 것 같습니다."

어찌 불길한 예감은 이리도 잘 맞는 건지, 능사운 눈앞으로 비틀거리며 쓰러질 듯 서 있는 황덕칠을 포함해 남궁진상은 흙더미 구멍에 머리를 처박고 쓰러져 있었다.

"에효, 이 쓸모없는 놈들."

"아무래도 함정에 걸려든 것 같습니다. 이게 다 제 불찰입니다. 정말 송구합니다."

유휼이 깊숙이 고개를 숙여 사죄를 청했다.

능사운은 그런 유휼의 어깨를 툭툭 두드려 주더니 피식 웃었다.

"이런 것이 여행의 묘미지. 공주께서는 아직 안 나왔지?"

"…예, 아직이십니다."

"따로 알릴 필요 없어. 애들한테도 내색하지 말라고 전해. 벌써부터 시작을 한 모양이야. 이제까지 오느라 지루했을 텐데 간만에 몸 푼다고 생각해."

어떤 위험이 도사리고 있을지 모르는 상황에서 당장에 이곳을 빠져나가는 것이 급선무일지 몰랐다. 그럼에도 유휼은 능사운의 말을 따르기로 했다. 저 오만할 정도로 넘치는 자신감이 서린 그의 말에는 묘하게 믿음이 갔다.

"하핫, 알겠습니다."

"일단 저 멍청한 놈들을 처리하자고. 아무튼 간에 이런 놈들에게 무공을 전수하다니, 내가 미친놈이지… 에효."

능사운은 거침없이 황덕칠에게 다가갔다.

무언가에 홀린 듯 폴짝 뛰려고 하나 내력이 바닥이 나서
인지 비틀거리고 서 있는 그의 모습에서 그가 특정 진식의
환술에 걸렸음을 대번에 알 수 있었다.

"이럴 땐 이게 최고지."

능사운은 일 성 정도의 공력을 끌어 올려 황덕칠을 향해
냅다 장력을 뿜어냈다.

펑.

가죽 포대 터지는 소리와 함께 황덕칠이 끊어진 연처럼
튕겨져 나갔다. 바닥에 널브러진 황덕칠은 검은 울혈을 꾸
역꾸역 토해냈다.

"…크억."

꿈틀거리는 황덕칠에게 다가간 능사운이 그의 몸을 몇
번 점혈하자 그가 축 늘어졌다.

"이놈 갖다 버려. 일단 한 놈은 처리했고."

이제 남궁진상의 차례였다.

능사운은 그가 진식이 아닌 독충에 당했음을 그의 얼굴
을 시커멓게 덮고 있는 개미들을 통해 유추할 수 있었다.

"제법 단단히 준비를 한 모양이네. 그래 봐야 시간 벌기
용이군."

그가 품속에서 작은 약병을 꺼냈다. 옥으로 만들어진 병
은 일견하기에도 단단했다.

"다들 물러나."

능사운은 유홀과 친위대 무사들에게 경고를 한 뒤 마개의 뚜껑을 뜯었다.

콧구멍만 한 병 입구로부터 숨이 막힐 정도로 지독한 독기가 새어 나왔다. 무색의 독기는 능사운 주변으로 퍼졌다. 곧 남궁진상 주위에까지 퍼졌고, 얼마 지나지 않아 남궁진상 얼굴을 가득 덮었던 개미 떼가 일사불란하게 움직이기 시작했다.

개미 떼는 남궁진상 몸 주위에서 떨어지는 것은 물론이요, 땅을 찾아 움직이더니 이내 땅속으로 자취를 감추어 버렸다.

능사운은 그제야 마개를 막고, 병을 품속에 갈무리했다. 그리고 품에서 손가락만 한 환단 하나를 꺼내 남궁진상의 입을 벌려 그 안에 밀어 넣고 목 부위를 점혈했다.

"이제 됐군. 형님의 조손만 아니면 그냥 내다버리는 건데… 에잉. 이놈도 저놈이랑 같이 갖다 버려."

"알겠습니다."

골칫덩어리 둘을 간단히 처리한 능사운에게 이제 남은 문제는 하나였다.

기관과 진식.

그에게 기관과 진식은 그리 낯설지가 않았다. 낭인 시절에 문외한이었다면, 능사운으로 살면서 신투의 비밀 창고를 다니며 나름대로 공부를 해왔다.

능사운은 발밑을 굴러다니는 돌멩이 두세 개를 주위 문과 담장에 각각 하나씩 던져 보았다. 그래서 그 변화를 찾으려고 했다. 아마도 기관진식에 능통한 사람이 봤다면, 능사운을 비웃을지 몰랐다. 그러나 그는 이런 단순한 움직임을 통해서 어느 정도 진식에 대해 알아볼 수가 있었다.

"흐음, 저리 돌아오는 걸로 봐서는 곡환회진(曲閑回進)일 테고, 담장에는 무한위상진(無限位相進)을 걸어놓았군. 딱 봐도 추접한 대갈세가 솜씨네."

그리고 진식을 설치한 사람이 누구인지 짐작이 갔다.

'고 맹랑한 계집애 솜씨로군. 그냥 귀찮아서 내버려 두었더니 재미난 장난을 치네. 받았으니 고대로 돌려줘야지.'

진식을 알아본다는 것은 곧 풀 수도 있다는 말.

능사운은 어렵지 않게 진식들을 풀었다. 그런데 온전하게 풀지 않고, 조금씩 변형을 하느라 약간의 시간이 더 지체가 되었다.

그사이 목욕을 마친 말자와 주소연과 비홍이 차례로 모습을 드러냈다.

주소연이 툴툴거렸다.

"아, 배고파. 귀찮게 왜 식당까지 오라고 난리야. 그냥 갖다 주면 좀 좋아?"

"그럼 제가 가져다드리겠습니다."

비홍의 말에 말자가 말을 보태 이죽거렸다.

"잘나신 공주께서는 숙소에서 드시든가."

주소연은 그 말에 발끈해 소리쳤다.

"싫다. 누구 좋으라고. 흥! 나도 식당으로 갈 테다."

"그럼 그러시든가."

두 사람의 신경전이 벌어졌다.

비홍은 매번 생겨나는 신경전의 당사자인 능사운을 힐끔 쳐다보는데, 정작 그는 진식을 고치느라 옷자락에 묻은 흙을 탁탁 털고는 그대로 먼저 문밖으로 나가 버렸다.

상황이 이렇게 되자 말자가 빠른 걸음으로 능사운의 뒤를 따랐고, 이어서 주소연도 질 수 없다는 얼굴로 발걸음을 빨리했다.

그 주위를 친위대 무사들이 에워싸듯이 호위하며 움직였다.

*　　　*　　　*

별채와 식당 사이의 거리는 멀지가 않았다. 문을 나와 전각 하나를 돌면 바로 손님들을 위한 접객청을 비롯해 식당이 같이 붙어 있었다.

"뭐야? 왜 밥 냄새가 안 나?"

그들이 접객청에 들어왔는데도 식당 안은 조용했다.

애초에 음식을 준비하지 않은 건지 음식 냄새는커녕 연

기 하나 보이질 않았다.

이미 진식의 존재를 통해 상황을 파악한 친위대 무사들은 이곳에 다른 위험이 도사리고 있을지 몰라 잔뜩 긴장한 얼굴로 주위를 살폈다. 반면에 능사운은 부엌문을 꽝 발로 차더니 신경질적인 어조로 외쳤다.

"배고파 죽겠는데 아직 멀었나?"

부엌문이 열리자 바로 앞에 장작을 든 덩치 좋은 사내가 아궁이에 장작더미를 밀어 넣다가 능사운을 발견하고 고개를 조아렸다.

"아이고, 죄송합니다. 장작이 그만 다 젖어버리는 바람에… 최대한 빨리 준비하겠습니다."

탁탁탁.

그 뒤로 막 활활 타오르는 불길에서 중년 남자가 고기를 굽기 시작하고, 젊은 아낙이 분주하게 칼질을 하는 것이 보였다. 저쪽에서는 능사운 또래로 보이는 젊은 사내가 식재료를 나르느라 바빴다.

"난 신선한 해산물을 좋아하지. 늦은 만큼 기대해도 되겠지?"

"아이고, 물론이고말고요."

능사운은 그들을 한 차례 슥 훑어보더니 고개를 끄덕이고 몸을 돌렸다.

부엌문이 닫히기 무섭게 부엌 안에 있던 이들의 눈빛이

매섭게 변했다. 부엌에 난 작은 쪽문에는 어느새 능사운 일행을 안내했던 노파가 서 있었다.

야채를 나르던 젊은 사내가 노파를 노려보았다.

[제갈 낭자, 이게 어떻게 된 것이오? 저들이 별채 밖으로 나오다니.]

[이, 이럴 리가 없는데… 분명 진식은 완벽했어요.]

[그럼 저들이 어떻게 여까지 온 거란 말이오?]

둘의 신경전에 중년 사내가 고기를 뒤집으며 중재에 나섰다.

[당 형, 진정하시오. 우리끼리 싸운다고 해서 해결될 문제는 아닌 것 같소이다.]

[맞아요. 저들이 호락호락하지 않은 상대임은 분명해요. 그러니 맹주님을 비롯해 가주님들께서 저희를 보내셨겠지요.]

젊은 아낙의 말에 다들 고개를 끄덕였다.

장작을 불속에 밀어 넣었던 덩치 좋은 사내가 도끼를 들며 전음을 보냈다.

[어차피 이런 수를 예상했으니, 계획대로 다음을 진행합시다. 이번엔 당 형께서 수고를 해주시오.]

실눈 사내는 뱀처럼 영활한 눈빛으로 노파를 한 차례 쏘아보더니, 혀로 입술을 핥았다.

[두고 보시오. 이제 저놈들은 끝이오.]

[그럼 저희는 숙소 쪽으로 가보겠어요. 이쪽은 당 공자와 지매가 맡아주세요.]

[걱정 마, 언니.]

노파는 저들이 진식에서 아무렇지 않게 나왔다는 것이 못내 신경이 쓰였다. 그래서 따로 실눈 사내에게 주의를 주었다.

[혹시 계획이 틀어지면 무리하지 말아요. 저들의 숫자가 줄었다고 해도 호위로 보이는 이들의 무위가 만만치 않아요.]

[흥! 그런 걱정할 시간에 진식이나 신경 쓰쇼. 계획에 차질 없이 산공독에 중독시키고, 저 개 같은 장주 놈은 철저히 고통스럽게 해줄 테니까.]

[알겠어요. 우리의 계획은 시간 벌기예요. 나머지 일은 서문 공자나 공손 공자가 마무리 지을 거예요. 절대 저들을 죽여서는 안 돼요.]

[거 참, 말 많네. 그만 가보기나 하시오.]

끝까지 퉁명스럽고 쌀쌀 맞은 사내의 말에 노파는 기분이 상하기보다 그런 그의 오만함이 걱정되었다.

'저번에 본 장주라는 사람은 결코 만만치 않은 사내였어. 이번에 일이 틀어진다면 정천맹으로서는 막대한 타격을 입게 될지도 몰라.'

노파는 아궁이에 장작을 다 밀어 넣은 사내에게 눈짓을

보냈다. 이내 둘은 진식을 확인하러 부엌 뒤에 난 문으로 나갔다.

부엌에 남은 두 남녀는 다음 계획을 진행하기 시작했다. 실눈 사내는 흥분된 얼굴로 바삐 손을 움직였다.

'크크, 숨은 붙여는 주마. 대신에 네놈 입에서 죽여달라는 소리가 나오게끔 만들어주지.'

그런 사내를 지켜보는 젊은 아낙은 속으로 짧게 한숨을 내쉬었다.

'하아, 하필 이런 인간이랑 같이 임무를 하다니. 빨리 언니가 돌아오길 바래야지.'

第五章　용봉회의 음모(下)

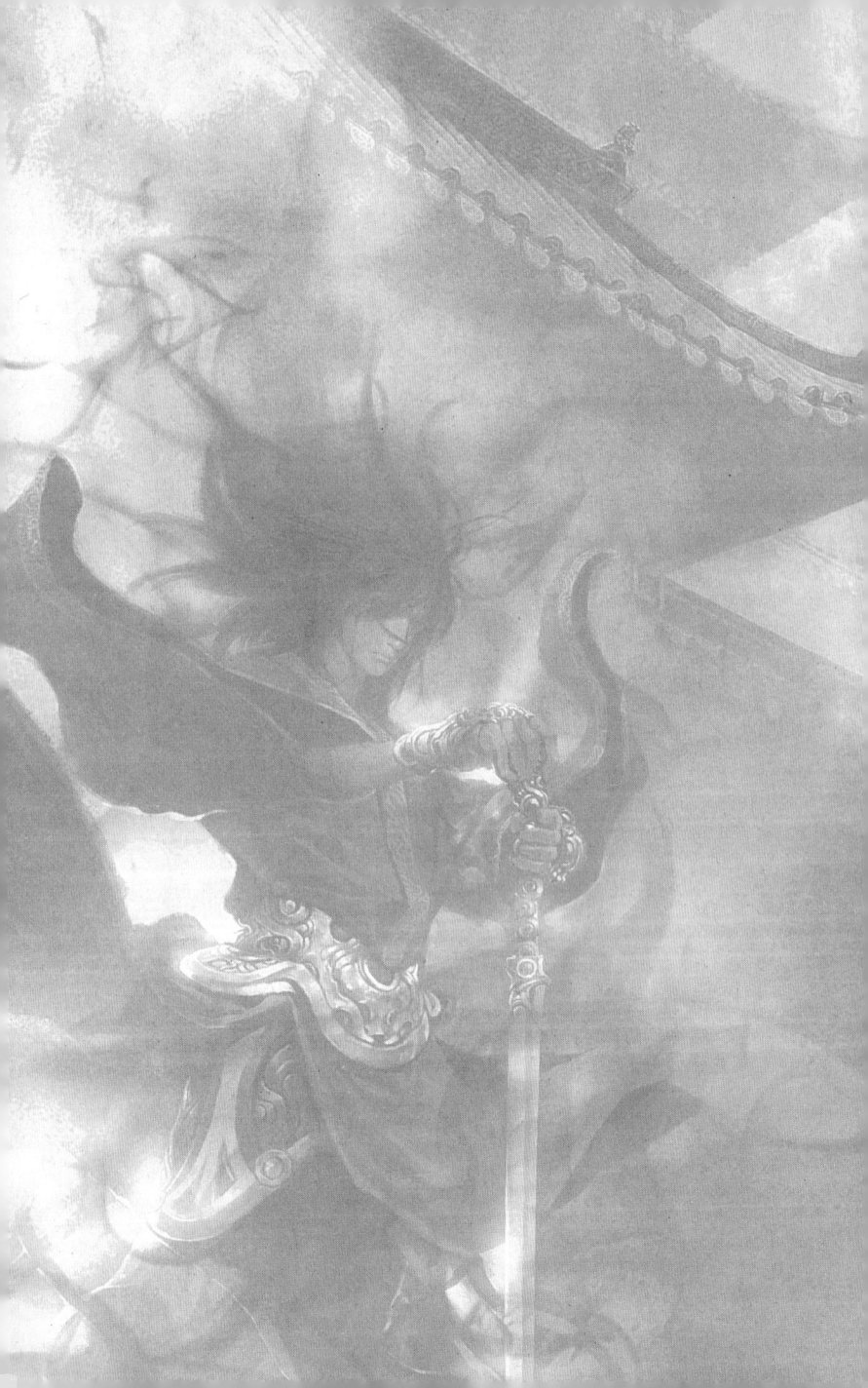

"히잉, 대체 밥은 언제 나오는 거야?"

주소연은 모처럼 편안한 곳에서 제대로 된 밥을 먹는다는 기대에 부풀어 있었다. 그러나 반 시진 가까이 제대로 된 밥은 구경조차 하지 못하고 있어 그녀는 입술을 삐죽였다.

'장주가 가만히 있으란 소리만 안 했어도……'

그녀 성격에 벌써 몇 번을 엎고도 남았을 것이다.

간신히 참고 있는데 능사운을 사이에 두고 앉아 있던 말자가 또다시 속을 살살 긁어왔다.

"참을성 없기는."

"뭐야?"

"왜? 찔리신가요? 난 혼잣말한 건데."

"이… 이!"

주소연은 분한 마음에 찻잔을 손으로 들었다 내렸다를 반복했다. 이쯤 되서 비홍이 그녀를 말리면 못 이기는 척 넘어가야 하는데 어찌된 일인지 반응이 없었다.

주소연이 이상한 생각에 바로 옆에 우뚝 서 있는 비홍을 올려다봤다. 오늘따라 이상하게 비홍이 멍한 표정을 짓고 있었다.

"비홍?"

비홍은 멍한 표정을 짓다가 화들짝 놀라 대답했다.

"예, 예. 아가씨."

"왜 그래? 어디 아파?"

"아, 아닙니다."

"힘들면 너도 앉아."

"정말 괜찮습니다."

"괜찮대도. 너도 앉아."

주소연이 비홍의 옷자락을 억지로 끌어당기자 비홍이 정말 마지못해 의자에 엉덩이 끝자락을 겨우 걸치고 앉았다.

'아무래도 이상하단 말이지. 오늘 그날인가?'

주소연은 비홍을 힐끔 살피더니 고개를 한 차례 갸웃거렸다. 가장 가까이 있는 사람이 이상하다는 건 아무래도 신경이 쓰였다. 그러나 그것도 잠시, 말자가 능사운의 찻잔에 차를 따라주는 걸 보고 얼른 찻잔을 뺏어내느라 자연히 관심이 멀어졌다.

"그만 마셔."

"지금 뭐하는 짓이죠?"

"밥 먹기 전에 차 많이 마시면 안 되거든. 배불러서 밥 많이 못 먹잖아."

"장주님께서는 드신다는데요?"

"너 정말 마실 거야?"

능사운은 마치 모기와 파리처럼 앵앵거리는 그녀들 사이에서 절로 한숨이 나왔다. 예전이라면 당장에 떨쳐냈겠지만, 이상하게 요즘은 이런 그녀들의 태도가 썩 싫지가 않았다. 너무 시끄러워 정신이 없고 머리가 아팠지만 이런 것까지 인내할 정도로 그에게 새로운 변화의 바람이 불고 있었다.

한편, 비홍은 주소연의 생각대로 사실 다른 곳에 신경이 쓰였다.

'남궁 공자는 어디 간 거지?'

그녀는 남궁진상과 황덕칠이 진식에 당해 아직 숙소에 있다는 사실을 모르고 있었다. 당연히 밥을 먹으러 왔을 거란 생각에 그녀의 눈은 식당 안 여기저기를 살피고 있었다.

'하아, 대체……'

다시금 며칠 전 밤의 기억이 떠올랐다.

그냥 잊으려고 해봐도 어렴풋이 떠오른 생각이 머릿속에 가득했다. 이 찝찝한 기분은 역시 당사자를 만나야 홀가분하게 털어낼 것만 같았다.

'그러려면 다시……'

머릿속이 복잡했다.

무언가 결정을 내리지 못할 때, 주소연의 짜증이 섞인 목소리로 인해 사념이 어느 정도 사라졌다.

"왜 이리 꾸물거리는 거야?"

부엌에서 음식이 하나둘 나오기 시작한 것이었다.

주소연의 투정에 양손 가득 음식을 든 중년 사내가 고개를 조아렸다.

"정말 송구합니다. 대신에 기를 보충할 음식으로다가 정성껏 만들었으니 부디 맛있게 드셔주십시오."

"흥! 맛없기만 해봐."

"까다롭기는."

"시끄러!"

주소연은 말자의 이죽거림에도 상다리가 부서질 정도로 올라온 음식들로 인해 목소리가 누그러들었다. 음식들을 찬찬히 살피는 그녀의 눈이 반짝거렸다.

무엇보다 그녀의 시선이 가는 것은 실눈 사내가 들고 오는 접시였다. 접시 위에 있는 음식은 주소연이 악양루에서

즐겨먹던 농어찜으로, 살이 오동통하게 찬 농어에서 김이 모락모락 피어나고 있었다.

사내가 농어찜을 탁자에 내려놓으며 고개를 숙였다.

"맛있게 드시지요."

깊숙이 고개를 숙인 사내의 입꼬리가 비릿하게 말려 올라갔다. 고개를 숙이고 있던 터라 그의 얼굴 표정을 아는 사람은 없었다.

'크크, 오장육부가 뒤틀리는 맛이 될 것이다. 저번에 날 모욕한 것을 확실히 갚아주지.'

실눈 사내는 자신의 소맷자락이 미묘하게 움직였다는 사실과 그의 손끝에서 무언가 변화를 눈치챈 사람이 있다는 사실을 꿈에도 몰랐으리라.

유휼이 슬며시 검병에 손을 가져다 대며 능사운 쪽을 바라보았다. 이미 그의 지시를 받은 친위대 무사들 또한 언제든 검을 뽑을 채비를 하고 있었다.

'제압할까요?'

그의 눈빛에 능사운이 알듯 모를 듯한 미소를 짓더니 슬며시 고개를 가로저었다.

음식에 아이처럼 기뻐하는 주소연의 젓가락이 기다렸다는 듯이 농어찜 쪽으로 향했다. 자칫하다간 위험할 수 있는 상황에서 능사운의 손이 빠르게 움직이기 시작했다.

그는 농어찜 바로 옆에 청경채와 돼지고기로 볶아진 고

기볶음을 집어서 주소연 밥그릇에 살포시 놓아주었다.

"이쪽 동네가 이게 유명하지. 한번 드셔보시오."

평소에는 눈을 씻고 찾아보기 어려운 그의 행동에 그를 아는 일행들이 눈을 동그랗게 뜨고 쳐다봤다. 그런 그들보다 눈이 더 동그래진 건 역시나 주소연이었다.

그녀의 젓가락이 농어찜에서 멀어졌다. 대신에 밥그릇에 올려진 고기볶음과 능사운 얼굴을 번갈아 바라보았다. 무어라 말을 하려던 그녀는 괜히 얼굴이 달아오르는 것 같아 황급히 그가 놓아준 고기볶음을 입안에 쏙 집어넣고 오물거렸다.

"입맛에 맞으시오?"

"…응."

"그럼 어디 먹어볼까?"

능사운이 씩 웃으며 젓가락을 놀렸다. 그의 젓가락이 향하는 곳은 주소연이 처음에 노렸던 농어찜이었다.

식당 안에 있는 사람 중 주소연을 제외한 모두의 시선이 능사운의 손가락을, 더 정확히 말해 젓가락의 움직임을 면밀히 주시했다.

젓가락은 농어찜이 놓인 접시에 다다랐다.

'그래, 어서 먹고 뒈져라.'

실눈 사내의 검은 눈동자가 진해졌다.

그의 간절한 기대에 부합이라도 하듯 능사운의 젓가락은

오동통한 농어의 살을 건드리는가 싶었다.

막 젓가락이 살집을 헤집고 들어가려던 찰나.

"아니야. 이것보다 저게 더 맛있으려나."

능사운은 농어찜에서 젓가락을 거두었다. 그리고 옆에 다른 반찬을 집어서 먹는 것이 아닌가.

그의 반응에 그를 지켜보던 사람들의 얼굴 표정이 극명하게 갈렸다.

'빌어먹을. 거기서 그걸 안 먹다니.'

그러나 식사는 한참 이어지고 있었다. 아직도 저 농어찜을 먹을 순간은 많이 남았다.

그렇게 그는 인내심을 기다리며 능사운을 주시했다.

한참 식사가 이어지고, 능사운은 틈틈이 반찬들을 집어 주소연의 밥그릇에 올려주는 걸 잊지 않은 채 식사를 이어 나갔다.

그가 농어찜을 제외한 반찬들을 한 차례 이상 먹어보고는 입에 젓가락을 물었다.

"우음. 이제 무엇을 먹어볼까?"

그의 말에 실눈 사내는 기다렸다는 듯이 말을 꺼냈다.

"갓 잡은 농어로 만든 요리입니다. 한번 드셔보시지요."

"호오, 맛있겠네."

주소연이 환한 얼굴로 젓가락을 들었다. 그러나 곧 능사운이 그런 그녀를 제지하고 나섰다.

"잠깐."

"응? 왜? 호, 혹시 가, 가시 발라주려고?"

"흥! 놀고 있네."

말자의 냉소에도 불구하고 주소연의 얼굴에는 홍조가 감돌았다. 이제껏 반찬을 집어준 능사운의 자상함을 떠올리며 목소리가 떨렸다.

능사운은 그런 그녀들이 아닌 실눈 사내 쪽을 바라보며 씩 웃었다.

"내가 먼저 먹겠소."

"응?"

"혹시 음식에 독이라도 들었을지 모르니까 말이오."

그 말에 실눈 사내의 눈가가 미미하게 떨렸다. 그러나 곧 당황한 신색을 지우려는 듯 웃음 없는 미소로 일관했다.

주소연은 이런 사정을 아는지 모르는지 괜히 젓가락을 내려놓았다 들었다를 반복하며 고개를 끄덕였다.

"아~! 아, 알았어. 그럼 먼저 먹어."

어쨌든 실눈 사내의 의중대로 누가 먼저 먹든지 간에 농어찜을 먹는 것은 변하지가 않았다.

능사운은 한 치의 망설임도 없이 젓가락으로 오동통한 농어의 살을 뜯어 입안에 쏙 집어넣었다.

그가 농어찜을 먹자 또다시 그걸 지켜보는 사람들의 얼굴 표정이 판이하게 달라졌다.

농어찜을 내려놓았던 실눈 사내가 눈을 반짝이는 데 반해 유훌이나 친위대 무사들은 혹시나 몰라 걱정스러운 눈초리로 그를 쳐다봤다.

한편, 농어찜을 입안에 넣고 오물거리던 능사운의 얼굴 표정은 어째서인지 씹으면 씹을수록 마치 똥을 씹은 것처럼 점점 일그러지기 시작했다.

그러더니 어느 순간.

"윽."

능사운의 입에서 외마디 신음 소리가 터져 나왔다.

그 반응에 유훌을 비롯한 친위대 무사들이 즉각 움직이려던 찰나, 그들의 머릿속으로 능사운의 전음이 들려왔다.

[모두 움직이지 마.]

이어서 들려오는 전음에 그들은 비로소 안도했다.

[다들 평소대로 음식을 먹어. 내가 지시하기 전까지 중독된 것처럼 연기하라고. 아주 자연스럽게.]

이런 것을 모르는 주소연은 능사운이 농어찜을 먹고 인상을 찌푸리자 화들짝 놀랐다.

"뭐야? 왜 그래? 설마 독이야?"

일순간 식당 안에 기묘한 기류가 흘렀다.

실눈 사내는 득의만만한 얼굴로 다른 일행들 쪽을 쳐다보고는 피식 웃었다.

'후후, 걸려들었군.'

이제 능사운은 코와 입에서 피를 철철 흘리며 풀썩 쓰러질 것이 분명…….

풰.

능사운은 옆에서 말자가 건넨 빈 접시에 입안에 든 내용물을 뱉어냈다. 그리고 그냥 인상만 구긴 채 멀쩡히 입을 열었다.

"걱정 마시오."

"웅?"

주소연은 아리송한 표정으로 고개를 갸웃거렸다.

"너무 비린내가 많이 나서 못 먹겠네. 요리를 어떻게 한 거야?"

"맞아, 감히 이런 걸 먹으라고 준 거야?"

능사운의 말에 맞장구를 치며 주소연이 눈을 치켜떴다. 반면 말자는 묵묵히 이 상황을 지켜봤다. 그녀는 이미 농어찜 안에 어떤 독이 들었는지 대부분 파악을 한 상태였다.

[연극을 하는 이유가 뭐예요?]

[이놈 좀 골려주려고. 어때? 너도 당가 싫어하잖아? 협조할래?]

[으음, 그럼 공주에게 반찬 놓아준 것도 이것 때문에 그런 거예요?]

[뭐, 그런 셈이지.]

능사운이 주소연에게 반찬을 놓아줄 때만 해도 표정이

딱딱하게 굳어가던 말자의 얼굴 표정이 풀렸다. 말자는 살짝 고개를 끄덕여 보였다.

한편, 사내는 생선이 비리다고 꼬투리를 잡는 것은 상상하지 못했던 전개라 당황했다.

'기본적으로 요리의 양념 등은 미리 숙수들을 통해 만들어놓은 상태일 텐데? 조리를 잘못한 건가? 이런 까다로운 놈들!'

다른 탁자에서 식사를 하던 친위대와 유휼 역시 식사를 중단한 상태였다. 어떻게든 음식을 먹여야 중독을 시키기 때문에 사내는 머리를 굴려야 했다.

'미각을 죽이는 독을 넣자. 그럼 제깟 놈이 어떻게 투정을 하겠어?'

사내는 고개를 조아리며 어찌할 바를 모르는 척했다.

"어이구, 죄송합니다. 제가 요리를 하는데 간을 잘못 맞추었나 봅니다. 일단 후추와 조미료를 뿌리면 간이 어느 정도 맞으실 겁니다."

"정말이야?"

능사운이 미심쩍은 표정을 지었다. 그러자 이번에 다른 젊은 아낙이 나서서 능사운 일행을 달랬다.

"믿어주세요. 이번에도 맛이 없으시면 제가 책임질게요."

"흐음, 좋아."

조미료 뿌리는 것을 지켜보던 능사운은 다시 젓가락을 놀려 이번에도 농어찜의 살을 두툼하게 집어 먹었다. 그리고 다시 한 번 더 집어 먹었다.

아무렇지 않게 다시 농어찜을 먹자 다들 안심하는 눈초리로 자신들의 식사에 집중했다.

물론 실눈 사내와 젊은 아낙은 내심 안도의 한숨을 내쉬었다.

'크크, 이제야 걸려들었군. 좋아, 저 정도만 먹어도 분명히 효과가 나타날 거야. 다른 놈들은 산공독이 든 음식을 잘도 처먹어대는구나.'

능사운이 다른 반찬을 먹다가 다시 농어찜을 입에 넣었을 때였다.

"윽."

이제까지 농어찜을 잘 먹고 있던 능사운이 갑자기 손으로 입을 틀어막고 고통스러운 표정을 지었다.

'후후, 생각보다 오래 걸렸지만… 드디어 반응이 나오는 모양이군.'

젊은 사내가 속으로 회심의 미소를 지었다.

반면 그의 변화에 음식을 먹던 일행들은 멈칫했다.

특히나 바로 옆에서 능사운이 놓아준 반찬을 먹고 있던 주소연이 놀란 얼굴로 다급히 외쳤다.

"왜 그래? 가시라도 걸렸어?"

능사운이 자신의 왼쪽에 앉아 있던 말자에게 손짓을 하자 그녀가 빈 그릇 하나를 건네주었다. 그리고 능사운은 거기다가 입에 들어 있던 내용물을 뱉어냈다.

입안이 깨끗해진 능사운은 곧 짜증이 섞인 목소리로 투덜거렸다.

"아오, 머리 부분 맛이 왜 이래? 너무 쓰잖아. 조미료 좀 제대로 칠 것이지 비린 것도 모자라서 이번에 써서 못 먹겠네."

혹시나 위험에 처한 것이 아닐까 걱정했던 사람들은 멍한 표정을 지었다. 특히 기대 어린 눈빛으로 쏘아보던 젊은 사내의 얼굴에 의문이 서려 있었다.

'뭐야? 지금쯤 피를 토해내고 쓰러져야 하는데?'

능사운이 농어찜을 가리키며 말자에게 말했다.

"먹어봐. 내 혀가 이상한 건지 아니면 저 찜이 이상한 건지."

뜻밖의 그의 말에 다시 사내의 얼굴에 복잡한 표정이 떠올랐다.

말자는 능사운의 말대로 농어찜을 집어 입에 넣었다. 능사운처럼 얼굴 표정이 심하게 변하진 않았지만, 얼마 지나지 않아 그걸 삼키지 않고 뱉어냈다.

"정말이네요. 상한 것이 틀림없어요."

그 한마디로 식당 안에 있던 능사운 일행들이 밥을 먹지

도 않고, 매서운 눈초리로 음식을 만들어 내온 이들을 쏘아
봤다.

문제가 된 음식이 이전에 비리다고 지적을 받았던 농어
찜인지라 분위기가 흉흉해졌다. 무사히 잘 넘겼다고 생각
했는데 그것은 잠시였다.

'니미럴, 또 음식 가지고 시비냐? 이쯤 되면 몸 안에 독이
퍼져서 피를 토하며 쓰러져야 하는데? 대체 어떻게 된 거
야?'

의도한 계획이 어긋나기 시작하자 그들의 얼굴에 당황한
기색이 묻어났다. 그들은 이 살벌한 분위기를 어떻게든 모
면해 보려고 갖은 비굴한 표정으로 빌었다.

"그, 그럴 리가 없을 텐데……."

"분명 오늘 잡은 것으로 그 어부를 불러 확인을 시켜드릴
수도 있어요."

"믿어주십시오."

"좋아, 믿어주지."

능사운은 너무나 쉽게 대답을 했다. 갖가지 변명을 생각
하던 두 사람이 다 허무할 정도였다. 그러나 사람의 말은
끝까지 들어봐야 한다고, 뒷말에 그들은 허를 찔리고 말았
다.

"그럼 네가 한번 먹어봐. 우리가 지금 괜한 소리를 하는
지 확인하게. 어때?"

"그, 그건……."

시간을 끌어도 능사운은 좀처럼 쓰러질 기미를 보이지 않았다. 사내는 정말 독을 잘못 풀었는지 아니면 음식이 잘못되었는지 슬슬 의심이 들었다.

'정말 확인을 해봐야 하나?'

능사운이 그를 도발했다.

"왜, 독이라도 탔어?"

삽시간에 장내의 분위기가 얼음장처럼 차가워졌다. 이대로 음식을 먹지 않는다면 정말 무슨 일이 벌어질지도 몰랐다.

"아닙니다. 제가 먹어보겠습니다."

실눈 사내는 이 상황을 타개하면서 제대로 용독이 되었는지 확인도 할 겸 농어찜을 먹기로 마음먹었다.

[당 공자, 먹어도 괜찮아요?]

젊은 아낙의 전음을 무시한 채 실눈 사내는 한 치의 망설임도 없이 젓가락으로 도톰한 살을 집어서 입안에 넣었다. 그가 먹은 농어찜은 능사운의 말과 달리 전혀 비리지가 않았다. 게다가 목구멍이 뜨거워지면서 몸 안이 타오를 듯한 고통이 느껴지는 걸로 보아 무미독(無味毒) 역시 제대로 용독이 되어 있었다.

'음? 음식도 독도 아무런 이상이 없는데? 어째서?'

사내는 능사운과 다른 일행들의 눈을 속이기 위해 입을

소매로 슥 닦는 척하며 해독약을 먹었다. 그리고 능사운이 어째서 아무런 이상이 없는지 의심을 하며 입을 열었다.

"오해가 있으신 모양인데, 제가 먹어봤을 때는 아무렇지… 윽!"

몸 안에서 무미독으로 인해 뜨거운 열기가 밀려 올라왔다. 그러나 해독약을 먹었기 때문에 안심을 하고 말을 이어가는데 식도가 타들어가는 고통에 비명을 토해냈다.

"크으으."

몸 안에 일어난 불길을 잠재워 줄 해독약이 들어갔는데 오히려 불에 기름을 부은 격으로 독기가 사방으로 날뛰었다.

실눈 사내는 참을 수 없는 고통에 본능적으로 생존을 위해 품속에서 해독약을 뒤적거려 입안에 밀어 넣었다. 그럼에도 아무도 그를 만류하거나 제지하는 자가 없었다.

해독약이 식도를 타고 빠르게 몸 안에 들어갔다.

"허억, 허억."

한여름에 혀를 쭉 뺀 개처럼 침을 질질 흘리며 가쁜 숨을 내쉬는 사내의 안색이 일순간 좋아지는 듯했다.

그러나 어렴풋이 보이는 능사운이나 말자의 얼굴이 심각한 것이 아니라 조소를 머금고 있다는 사실이 못내 불길했다.

그 불길함은 곧 몸속에서 나타났다.

"커헉."

열화(熱火)와 같은 불길이 몸 안에서 식도를 통해 나왔다. 사내의 눈은 이미 검은 동공은 없고 흰자위를 드러내고 있었다. 벌어진 입에서 게거품처럼 침이 뒤섞이고, 이어서 붉은 피를 꾸역꾸역 토해냈다.

능사운은 서둘러 주소연의 눈을 가렸다.

"보지 마시구려."

"…아, 알았어."

장내의 분위기가 다시 싸늘해졌다.

그 와중에 실눈 사내만이 고통에 겨워 몸부림을 치다가 이내 축 늘어졌다.

식사를 하던 친위대들이 일어나 자리를 잡았다.

문과 부엌을 가로막고 서서 자리를 잡은 그들은 신장처럼 무거운 안광(眼光)을 쏘아내고 있었다.

주소연은 지금의 이 상황에 깜짝 놀랐다.

암투가 많은 황실에서 자라지 않았다면 그녀 역시 놀라서 어쩔 줄 몰랐을 것이다. 그녀는 놀랐지만, 자신의 옆에 척 붙어서 자신의 눈을 가려주는 능사운의 따뜻한 손길에 마음이 편안해졌다.

반면 실눈 사내의 일행인 젊은 아낙은 자신들의 계획과 정반대로 벌어진 상황에 큰 혼란을 겪었다. 장내의 모든 시선이 실눈 사내를 떠나 자신에게 향하자 그녀는 정신이 아득해졌다.

'어, 어쩌지?'

이럴 때, 다른 일행들이 있다면 든든하기라도 하겠지만 이 상황에서 그녀는 철저히 혼자였다. 그리고 누가 봐도 독살을 하려고 했다는 증거가 명확해진 지금 어떤 말을 꺼내야 할지 몰랐다.

능사운은 그런 그녀에게 말했다.

"정말 독을 탔나 본데? 좀 전에 뭐라더라? 책임을 진다고 하지 않았나? 어떻게 책임을 질 생각이지?"

"그, 그게……."

속사포처럼 나오는 추궁에 그녀는 자신도 모르게 변성을 풀고 본래의 목소리로 말을 했다가 입을 다물었다.

그녀는 어디로 갈 수도 없는 상황이다.

사면초가(四面楚歌).

변명이 통하지 않을 거란 걸 잘 알고 있기 때문에 머리가 더 복잡해졌다. 이 상황을 타개할 방법을 찾아야만 했다.

'그래, 시간을 벌기라도 하면…….'

그들은 애초에 독만으로 능사운을 제압하려고 하질 않았다. 그를 이곳에 묶어두기 위한 다른 계획들이 있었다.

그것을 준비하는 데 시간이 걸리는지라 진식을 펼쳐놓은 것이었고, 진식이 풀려 독으로 시간을 벌려고 했는데 결국 이 수도 쓸 수가 없게 되었다.

젊은 아낙은 아랫입술을 질끈 깨물었다.

'소란이라도 피워서 최대한 시간을 끌어야 해.'

일단 부엌에서 나간 두 사람만 돌아와도 어떻게든 해결이 될 수 있다는 생각에 아낙의 몸이 재빠르게 움직였다.

능사운과 본인 사이에 놓인 탁자를 발로 힘껏 걷어찼다.

—탕.

탁자가 맥없이 솟구치며 그 위에 있던 접시와 음식물들이 비산했다. 바로 옆에 서 있던 능사운과 주소연 그리고 말자에게 그것들이 어김없이 날아들었다.

'이때다!'

젊은 아낙은 시선을 분산시키며 일행 중에서 가장 만만한 주소연을 향해 금조수를 펼쳤다.

찰나의 순간인지라 친위대의 무사들은 미처 방비를 하지 못했다. 설마 그녀가 도망을 치지 않고 주소연을 노릴 줄은 몰랐던 것이다. 그럼에도 그들은 크게 동요하지 않고 자리를 지켰다.

유휼과 비홍 역시 잠시 반응을 보였으나 검을 뽑아 들지는 않았다. 그들이 이렇게까지 하는 건 주소연 옆에 바로 능사운이 우뚝 서 있기 때문이었다.

능사운은 날아드는 음식물과 접시를 보고도 태연했다. 더욱이 주소연을 노리고 날아드는 젊은 아낙을 향해 씩 웃어주는 여유까지 선보였다.

젊은 아낙은 오로지 주소연만 노리느라 그의 웃음에 담긴 불길함을 예상치 못했다.

그녀의 왼손이 장애물을 요리조리 피해가며 주소연만을 맹렬하게 노렸다. 나머지 오른손에 실린 장력은 장애물처럼 주소연 앞을 가로막고 선 능사운을 향해 날아갔다.

예로부터 팔대세가에서 권법으로 유명한 가문을 꼽자면 단연 진주언가와 황보세가였다. 그중에서 진주언가는 사실 장법과 금나수로 더 유명했다.

칠종금나수(七宗擒拿手).

하나의 금나수 안에 일곱 가지의 묘리를 담고 있는 진주언가의 대표적인 금나수였다.

그 금나수가 주소연의 팔목을 노렸다.

'됐다!'

능사운이 장력을 막느라 바쁜 건지 별다른 방해를 받지 않고 주소연 앞에 이르렀던 것이다.

이제 팔을 뻗어 잽싸게 그녀를 낚아채면 모든 것이 완벽해진다. 오히려 이렇게 복잡하게 독을 타지 않아도 될 만큼 너무나 쉽게 해결이 되는가 싶었다.

그러나 현실은 그리 만만치 않은 법.

젊은 아낙의 손은 더 이상 주소연에게 다가갈 수 없었다.

무형(無形)의 벽.

능사운이 분명 앞을 가로막지 않았음에도 그녀의 손을

뻗지 못하게 하는 건 중후한 기운의 벽이 가로막고 서 있기 때문이었다. 그 벽은 금강석처럼 단단했고, 견고했다.

"으읍."

도리어 손이 물먹은 솜처럼 무거워졌다. 무형의 벽으로 그녀의 내력이 빨려 들어가고 있었다.

젊은 아낙은 놀라서 손을 빼내려 했지만, 들어갈 때와 달리 빼는 것은 본인의 의사처럼 되지 않았다. 마치 개미지옥에 걸린 개미처럼 발버둥 칠수록 몸 안의 내력이 더 빨려 들어갔다.

"비겁한! 가, 감히 사술을……."

"흔히 뿌린 대로 거둔다고 하지? 용쓰지 말고 포기하셔."

"이… 이!"

젊은 아낙, 언예지는 이 사술의 원흉인 능사운을 매섭게 쏘아보는 것 이외에 다른 행동을 취할 수가 없었다. 시간이 지나 그녀의 독기 어린 눈도 풀려서 정말 고뿔에 심하게 걸린 사람마냥 비틀거렸다.

능사운은 손을 슥 뻗었다. 그러자 언예지가 맥없이 끌려왔다.

"후후, 포기하면 편해."

"…으… 으."

능사운은 언예지의 팔을 붙잡고 있다가 그녀가 휘청거리며 쓰러지자 얼른 끌어당겼다. 그 모양새가 졸지에 능사운이 언예지를 품 안에 안게 된 자세가 되었다.

"어이쿠, 이것 봐. 잘못하면 대 진주언가의 미래가 저기 저놈처럼 땅바닥에 얼굴을 맞댈지 몰라. 그건 싫지 않아?"

능사운의 이죽거림에도 언예지는 몸에 힘이 빠져 대꾸할 여력이 없었다. 대신에 능사운의 양옆에 서 있던 주소연과 말자가 대꾸를 해줬다.

—퍽.

—턱.

주소연은 새하얀 손을 꼭 말아 쥐고, 그것을 냅다 능사운의 옆구리에 때렸다. 말자 또한 팔꿈치로 능사운의 반대쪽 옆구리를 사정없이 찔러 넣었다.

"뭐하는 짓이야!"

"파렴치한!"

능사운은 굳이 피할 수 있음에도 피하지 않았다. 그냥 헛기침을 토해내며 그 자세를 고수했다.

"크흠!"

그녀들의 도끼눈을 피해 능사운은 언예지가 쓰고 있던 인피면구를 벗겨냈다. 밤중에 만났을 때와 달리 훤한 낮에 만나서 본 그녀의 얼굴은 사뭇 아름다웠다. 아직 앳된 얼굴에 고집스러운 입술이 유난히 눈에 띄었다.

"어, 어딜 만지는 거야? 빨리 손 떼!"

"색마."

주소연과 말자의 성화와 달리 능사운은 덤덤했다. 그들의 생각처럼 언예지에게 호감이나 음심을 품고 있지 않았다. 그는 그냥 이렇게 고집이 센 여동생 하나를 떠올리고 있었다.

'하아, 대체 내가 뭘 하고 있는 것인지 참.'

요즘 들어 더 보고 싶은 동생들 때문에 그냥 남궁세가를 통해 찾기보다 직접 발로 움직여야 하는 것이 아닌가 갈등이 된다. 특히 이 군웅대회라는 귀찮은 일을 벌이는 것도 동생들을 위한 일이기도 하다. 그런데 과연 이게 정말 동생들을 위한 일인지 의심이 들었다.

능사운은 아직도 휘청거리는 그녀를 말자에게 넘기고 입을 열었다.

"밥 더 먹을 사람?"

능사운의 말에 모두 황당한 표정을 지었다. 상황이 이런데 또다시 밥을 먹자는 것에 멍한 표정을 짓다가 피식피식 웃었다.

반면 주소연은 진지한 얼굴로 능사운에게 말했다.

"장주! 이 상황에서 밥이 목구멍으로 넘어가? 지금 이놈들이 날 노리려고 했단 말이야."

"에잉, 밥상을 다 엎어서 먹을 수가 없네."

"밥 타령 그만하고! 지금 내가 얼마나 놀랐… 읍!"

능사운은 다른 탁자에 남아 있던 떡을 허공섭물로 집어

와 주소연의 입에 밀어 넣었다.

"걱정 마시오. 내가 있는데 누가 공주를 해한단 말이오? 그러니 그냥 떡이나 드시구려."

"그래동… 위험하잔……."

"어허! 내 공주를 노린 죄를 당당히 물을 것이니 화를 푸시오. 내 이놈의 정천맹 놈들에게 감히 대 명제국의 공주를 노린 죗값을 톡톡히 치르게 해줄 테니, 떡이나 드시오."

"……."

능사운이 저렇게까지 말을 하자 주소연은 눈을 말똥말똥 뜬 채 떡을 먹을 수밖에 없었다.

한편, 장내를 슥 둘러본 능사운이 다시 입을 열었다.

"얼추 여긴 정리가 된 모양이군. 아무튼 정파나 사파나 칼 든 놈들은 다 강도지. 어린놈들이 벌써부터 이런 더러운 짓이나 하고 말이야. 안 그래?"

"쿨럭, 쿨럭."

"아직 살아 있네? 이햐, 주둥아리만큼이나 몸도 독하네. 잘 버티잖아. 해독약 좀 주려고 했는데 괜찮겠어."

능사운은 발밑에서 골골대는 당삼표를 발로 툭툭 건드린 다음에 손짓을 했다. 그러자 친위대 무사 한 명이 걸어와 당삼표를 짐짝처럼 들쳐 멨다.

"빨리 정리하고, 그만 쉬자. 모처럼 쉬는 건데 이렇게 시간 허비해서 쓰겠어? 어디부터 가볼까? 일단 그물에 고기가 잘 걸렸나 보러 갈까?"

주소연이 고개를 갸웃거리며 물었다.

"응? 낚시하러 가게?"

"가보면 알 것이오. 자, 가볼까?"

*　　　*　　　*

부엌을 나온 제갈수연과 황보석해는 곧장 능사운 일행이 머무를 숙소로 향했었다. 미리 준비해 두었던 진법이 어떻게 발동이 되지 않았는지 알아보고, 저들이 중독이 되면 가두기 위한 감옥으로서 진법을 보강하려는 계획이었다.

제갈수연과 황보석해는 숙소에 도착해 진법이 제대로 작동되지 않고 있음을 알게 되었다.

"제 실수였나 보네요."

평소 침착하기로 정평이 난 제갈수연이라 이런 일의 실수를 하리라 생각을 하지 않았다. 당사자인 제갈수연도 생각이 복잡했다.

'몇 번을 다시 점검하고 또 점검했는데…….'

가능성은 두 가지였다.

본인이 실수를 했거나 능사운 일행 중에 진법에 능한 사람이 있는 거였다.

그런데 후자의 가능성에 대해 생각하기는 어려웠다.

진법에 능하다는 건 제갈세가에서 고안한 이 절진을 풀 정도인데, 이 정도 절진을 풀 사람은 극히 드물었기 때문이다.

황보석해는 그런 그녀를 위로했다.

"원숭이도 나무에서 떨어질 때가 있는 법. 연 매는 너무 개의치 마시구려."

"예, 오라버니."

그녀는 대답과 달리 상심한 표정이 가득했다. 자신의 실수를 용납하기 어려운 모양이었다.

황보석해는 그런 그녀의 마음을 풀어주기 위해 노력을 기울였다.

"어허, 그리 인상을 쓰면 고운 얼굴에 주름이 생기게 되오. 지금 쓰고 있는 인피면구보다 더 주름이 생기면 벌써부터 할머니 소리를 듣게 될 것이오. 하핫!"

"…알겠어요."

"하하핫! 그래도 난 세상에서 연 매가 제일 아름답다고 생각하오. 그러니 좀 웃어주시구려."

"일단 진법을 다시 손봐야 해서……."

황보석해의 그런 노력에도 제갈수연의 마음은 냉랭했다. 본인의 실수에 아직 화가 덜 풀린 건지 아니면 평소의 무미건조한 말투인지 구분이 가질 않았다.

바삐 손을 움직이는 그녀를 내려다보며 황보석해가 입을

열었다.

"이번에 군웅대회에서 좋은 성적을 거두면 정식으로 동도들에게 혼례를 올리겠다고 알립시다. 이미 팔대세가 내에서는 모르는 사람은 없지만, 공식적인 자리에서 연 매와의 혼약을 발표하고 싶소이다."

"……."

제갈수연은 아무런 대답을 하지 않았다.

무안해진 황보석해가 애써 월동문 안으로 발을 들이밀며 말했다.

"큼큼, 혹시 안에 사람이 없는지 동태를 살피고 오겠소이다."

"…네."

황보석해가 안에 들어가는 걸 확인하고 나서야 제갈수연은 나지막이 한숨을 내쉬었다.

"하아."

그녀는 진법을 살피면서 머릿속으로는 다른 생각을 하고 있었다. 진법에 대한 실수보다 지금 황보석해와의 관계가 그녀의 마음을 무겁게 했다.

'…납득해야 해. 제갈수연, 넌 제갈세가의 장녀야. 사람의 삶이란 장기판의 장기 말과 같은 법. 어찌 사랑을 논하고 살 수 있겠어?'

머리로는 그렇게 생각을 하나 마음은 그렇지 않은 모양

이었다.

그사이 그녀는 진법을 다 고쳐냈다.

이제 마지막 위치에 돌을 가져다 두면 완성이다.

"엇?"

그녀의 입에서 외마디 비명이 터져 나왔다.

진법을 완성하고 난 직후, 땅과 하늘이 뒤바뀌고 주변이 뱅글뱅글 돌기에 이르렀다. 이것이 자연현상이 아니라 진법에 의한 환영임을 그녀는 알고 있었다.

그러나 아는 것이지 이런 것을 겪어본 것은 처음인지라 당황했다.

"어, 어떻게…?"

본인이 만진 진법에 의해 이런 효과가 일어났다는 사실이 믿기지가 않았다. 그러나 복잡하게 뒤엉킨 세상이 지나가고, 온통 희뿌연 안개가 자욱이 그녀의 시야를 가렸다.

"여길 벗어나야 해. 대체 이건 무슨 진법이지?"

발을 딛고 있는 땅도 보이지 않고, 온통 안개에 가려진 세상 안에서 그녀는 혼자였다. 그리고 곧 안개 너머에서 누군가 걸어 나왔다.

아직 앳되어 보이는 열 살 정도의 소년이었다.

그를 본 그녀의 봉목(鳳目)이 부릅떠졌다.

"너, 너는?"

"나를 버렸어?"

"아, 아니야. 그건 오해야."

"냉혈인."

"미안해. 하지만… 어쩔 수 없었어."

"가문밖에 몰라."

"그렇지만 그게 내 숙명인걸……."

"거짓말쟁이."

"…믿어줘. 너한테 했었던 말은 전부 사실이었어."

"웃기지 마. 넌 날 사랑으로 우롱했어."

"그, 그건……."

생생하게 들려오는 소년의 말에 제갈수연은 진법에 갇혔다는 사실도 잊은 채 대답을 하고 있었다. 그런데 대답을 하면 할수록 그녀는 고통에 어찌할 바를 모르고, 닭똥 같은 눈물을 뚝뚝 흘렸다.

진법 밖에서 보는 그녀는 울면서 허공에 혼잣말을 계속하고 있었다.

*　　　　*　　　　*

서문세가는 제갈세가와 더불어 정천맹의 지낭이자 머리로 통하는 가문이다. 특히 무림뿐만 아니라 관과도 아주 친하다. 두 가문은 황실에 관리로 들어가기도 하고, 무림과 관을 소통해 주는 가교 역할을 했다.

서문장천은 능사운 일행의 발을 이곳에 묶기 위한 방편으로 관부를 동원하기로 했다.

　능사운 일행이 현재 머무르는 곳은 과거에 승선포정사사(丞宣布政使司)를 지냈던 함무량의 집으로, 서문세가와도 연이 있는 집이었다. 이 집에 머무르게 한 것은 능사운 일행이 집을 빌린 것이 아니라 함무량을 협박해 일방적으로 집을 차지했다고 하기 위함이었다. 이들을 도적으로 만들어 섬서성 부사를 대동해 죄를 묻고, 하옥하려는 의도였다.

　그들이 진짜 죄를 짓지 않았다는 것은 후에 밝혀지기는 하겠지만, 시간을 끌어 군웅대회에 참석을 하지 못하게끔 만들려는 요량이었다.

　이미 계획대로 능사운 일행이 집에 머무르는 것을 확인하고, 서문장천은 그 길로 섬서성의 성주를 만나 도움을 청해 병사들을 이끌고 돌아오는 길이었다.

　백여 명의 병사가 일사불란하게 들어서자 마을 안의 사람들은 그들을 피하기에 급급했다. 그들은 곧 함무량의 집에 당도했다.

　서문장천이 그들을 안내했다.

　"이곳입니다."

　"모두 몇 명이오?"

　"대략 열 명 정도로 알고 있습니다. 아주 흉악한 놈들로

조심하셔야 할 것입니다. 무공도 뛰어나고, 무엇보다 거짓
말에 능하니 속으시면 아니 됩니다."

서문장천의 노파심 어린 말투에 백부장 양천휘가 살짝
언짢은 표정을 짓더니 이내 호탕하게 웃었다.

"허허, 그깟 놈이 뛰어나 봐야 얼마나 뛰어나겠소? 우리
는 대 명의 정예병이란 말이오."

"네, 장군님만 믿겠습니다."

그리 말은 했지만, 서로가 서로를 무시하는 기색이 역력
했다.

오래전부터 관부와 무림 사이에서는 서로 관여를 하지
않는 것이 불문율이었다. 그렇기 때문에 황실에서 무공을
수련하는 금의위나 동창 요원들의 무공은 항상 무림의 무
인들과 비교하곤 했다. 그러나 늘 서로 인정하지 않고, 자
신들이 우위에 있다고 생각을 하고 사는지라 서로의 자존
심은 상당했다.

특히 관부의 인물들은 무림인들도 엄연히 대 명제국의
백성들로 황실 아래에 있는 존재들이다. 따라서 그들의 발
밑에 있다고 하는 생각이 은연중에 있었다.

무림인들이 무위가 높다고 해서 그들을 무시할 수 없는
것은 황실의 저력을 무시할 수 없기 때문이다. 만약 황실에
서 그런 불문율을 깨버리고 무림에 개입을 하게 된다면 무
림은 지금처럼 자유로울 수가 없게 된다. 그렇기 때문에 황

실의 비위를 거스를 만한 무인들은 없다. 그나마 황실과 가장 멀리 떨어져 있고, 호전적으로 유명한 마교나 혈교 정도가 황실의 영향력 밖이라고 할 수 있었다.

정천맹은 다른 세력들보다 더 황실과 밀접한 관련이 있기 때문에 구태여 껄끄러운 관계를 만들 필요가 없었다.

서문장천은 좋은 게 좋은 거라고 양천휘의 말처럼 일이 쉽게 풀리기를 바랐다.

'아무리 천하장주라고 해도 관부를 괄시할 수 없을 것이다. 그가 설령 천명왕의 총애를 입고 있다고 한들 황제의 부마가 아닌 이상 바로는 빠져나오기 힘들 것이다.'

그 역시 능사운에 대한 정보를 알고 있었다. 그와 천명왕의 관계를 일반 세인이 아는 정도까지는 파악했다. 그렇기 때문에 관부를 동원하는 일에 망설이기도 했으나 오히려 천명왕의 신임을 얻고 있다는 그가 이런 행동을 했다는 것이 소문이 나면 그 관계가 더 악화될 거란 기대에서 비롯된 것이었다.

무엇보다 천명왕과 얽혀 있다고 한다면 그의 무위가 아무리 높다고 한들 관부의 병사들을 해하거나 다치게 할 수 없으리라. 능사운은 일단 섬서성 성주의 말에 따라 움직여야만 할 것이다.

나중에 이 일이 오해에서 비롯되었다고 해서 능사운이 천명왕을 등에 업고 함부로 하지 못할 것이다. 함무량은 현

황제가 아끼는 충신 중에 한 명으로 천명왕과도 잘 알고 지내는 사이였기 때문이다.

서문장천은 나름대로 머리에 다시 한 번 계획을 구상해 보고 움직이기 시작했다.

"그럼 들어가시지요."

"승선포정사사 대인께서도 저 안에 계시는가?"

"아닙니다. 저 흉악한 놈이 쉬어간다고 하여 일방적으로 집을 뺏는 바람에 다른 곳에 계십니다."

"어허, 이거 참. 성주님께서도 그 이야기를 듣고 걱정을 많이 하고 계시거늘. 감히 대명의 관리가 머무르는 장원을 빼앗다니, 간이 배 밖으로 나온 놈이로군."

"…그렇습니다."

"빨리 처리해서 편히 쉬실 수 있도록 해드려야겠어. 모두 준비해라!"

"충!"

모두 한 번에 들이닥치기에는 많은 숫자로 절반 정도는 장원의 입구와 주변을 에워쌌다. 미리 도주로를 차단하고 혹시 다른 일행들이 올 거에 대한 대비였다.

나머지 일행들은 서문장천의 뒤를 따라 장원으로 들이닥쳤다.

第六章 공주 독살 사건

天下莊主 천하장주

　방 안에는 불필요한 가구가 없이 정갈했다. 벽면의 책장
에는 서책이 가득 꽂혀 있었고, 다른 벽면에는 한 폭의 산
수화가 그려진 족자들이 걸려 있었다. 이런 방 안에서는 시
읊는 소리나 책장 넘어가는 소리만이 조용히 들릴 것 같았
다.

　허나 예상과 달리 방 안에서는 신음 소리가 연이어 새어
나오고 있었다.

　"으으."

　"아… 아……."

　그것은 끙끙 앓는 소리로, 방 안에 놓인 침상 위에 두 명

의 사내가 한데 널브러져 내는 소리였다.

그들은 남궁진상과 황덕칠로, 진법에 당한 뒤에 아무도 관심을 가져주지 않은 채 이렇게 방치되어 있었다. 아직까지 고통이 여전한지 온전히 정신을 차리지 못했다.

그러나 시간이 지나고 나자 그들의 신음 소리도 잦아들었고, 찡그린 인상도 점점 펴졌다. 한결 나아지니 이제 세상모르게 잠이 들었는지 종전에는 코를 골기에 이르렀다.

드르렁.

빠드득.

이를 갈기까지 하며 심지어 잠꼬대를 해대기 시작했다.

"우헤헤, 비홍 낭자… 그것이 아니오라……."

"수연아, 조금만… 아웅… 아웅… 기다려… 줘… 쩝쩝."

둘 다 어떤 꿈을 꾸는지 모르지만, 점점 서로가 서로의 몸을 무의식중에 부둥켜안기에 이르렀다. 그들의 행위는 점점 과열되어 서로의 몸을 더듬기에 이르렀다.

"…헤헤."

"흐응."

남궁진상이 헤벌쭉 웃으며 황덕칠의 넓적한 얼굴을 쓰다듬었다.

그러자 황덕칠은 콧바람을 씩 불더니 남궁진상의 몸을 꼭 끌어안았다. 정말 돈을 준다고 해도 보기 싫은 장면이 이어졌다.

둘은 서로를 끌어안다가 꿈에서 그리던 그녀의 몸과 다른 점을 하나둘 느끼기 시작했다. 뜨거운 숨소리에 인상이 일그러졌다. 그들의 미간이 찌푸려지고 볼이 씰룩이기를 수차례, 눈꺼풀이 반응을 보였다.

이상함을 감지했는지 둘의 눈이 동시에 부릅떠졌다. 그리고 눈동자의 실핏줄이 보일 정도로 가까이 있는 그들을 발견해 놀라서 소리쳤다.

"으아아아!"

"뜨앗!"

안쪽에서 자던 남궁진상은 벽면에 바짝 붙었고, 황덕칠은 침상 바닥으로 벌러덩 떨어졌다.

"너, 너 이 자식! 대체 나, 나한테⋯⋯."

"으으! 왜, 왜 네가 여, 여기에⋯?"

둘은 양팔을 교차해 자신의 가슴을 가로막고 서로를 노려보며 소리쳤다. 그런데 너무 놀랐는지 말을 제대로 할 수가 없었다.

당황스러움에 둘은 서로 씩씩거리다가 흥분이 가라앉고 나서야 이전에 기억이 떠올랐다.

'⋯분명 진법에 당했었는데?'

둘 다 공통된 생각을 하며 서로를 보았다. 그리고 고개를 끄덕였다.

"그런데 왜 여기 있는 거냐?"

"몰라. 네놈이 쓰러진 것까지는 봤는데……."

"설마, 장주님이?"

자신들을 이곳에 둔 사람이 능사운일 거란 생각이 되었다. 그러나 이내 고개를 저었다.

"에이, 사부님이 그 정도로 친절하지는 않지. 아마, 비홍 낭자일 거야."

"웃기시네. 유휼 대장님이시겠지. 어딜 김칫국을 마시고 있어."

"뭐, 임마? 네놈은 모르지만 난……."

꼬르륵.

"쩝… 배고프네."

"그러게."

둘은 그것을 가지고 무의미하게 갑론을박(甲論乙駁)을 하려다가 배꼽시계가 우는 것을 보고 멈추었다. 둘은 주린 배를 움켜잡고 자리에서 일어났다.

주변에 인기척이 없는 걸로 보아 벌써 일행들은 식당에 간 모양이었다.

"하아, 또 버림받았어."

"이게 한두 번이냐? 밥 못 먹기 전에 후딱 가자."

둘은 동병상련(同病相憐)이라고 이미 체념한 채 아직 온전하지 못한 몸을 이끌고 방 밖으로 나갔다.

복도로 길게 이어진 다른 방문은 닫혀 있었다.

군이 방문을 열어보지 않아도 사람의 인기척이 느껴지지 않았다.

무심히 방들을 지나쳐 복도의 귀퉁이를 도는데 인기척이 느껴졌다. 둘은 능사운 일행 중에 한 명인 줄 알고, 반가운 마음에 서둘러 다가갔는데 그들의 생각과 다른 사내가 서 있었다.

사내는 자신들을 보자 살짝 놀란 눈치였다.

"하핫, 여기들 계셨군요."

"뉘시오?"

"이곳 장원에서 일을 하고 있는 만석이라고 합니다. 다른 일행 분들께서는 먼저 식사를 하러 가셨습니다."

"역시 그랬어."

"크게 기대도 안 했지만⋯ 식당이 어딘 줄 아시오? 참, 그거보다 밥은 남았소?"

두 사람은 사내의 말에 별 의심 없이 수긍했다. 그보다 그들에게 더 중요한 문제가 밥을 먹는 일이었다. 황당한 질문에도 사내는 웃음기 어린 얼굴로 대답했다.

"물론입니다. 안내를 해드릴까요?"

"그럼 우리야 좋지."

"하하, 알겠습니다."

사내는 몸을 돌려 앞장을 섰다. 그리고 그 뒤를 주린 배를 문지르며 남궁진상과 황덕칠이 아무 생각 없이 따라갔다.

'저 둘이 남아 있을 줄이야… 생각 밖의 변수로군.'

식당 안에서 두 사람이 없는 것을 보고 이상하게 생각했던 것이 해결이 되었다. 그리고 저들을 이렇게 만난 것이 득이 될지 실이 될지 아직 모르는 일이었다.

'일단 제압을 해서 데려가자. 이 시간 정도면 이미 식당 안의 상황도 대충 마무리가 되었겠지.'

밥이 맛있는지, 반찬은 무엇인지 태평히 물어오는 저들이 참으로 한심스럽게 느껴졌다. 월동문 쪽에 기다리고 있을 제갈수연과 함께 이들을 제압할 계획을 가지고 내원의 입구 쪽으로 향했다.

남궁진상과 황덕칠은 사내의 안내를 받아 이전에 자신들이 혹독하게 당한 진법이 있는 입구에 당도했다. 그들은 혹시나 진법이 남아 있을지 모른다는 걱정 따위는 하지 않았다.

능사운이 지나간 자리이기 때문에 당연히 안전할 거라 생각을 했었다. 그런데 그들은 입구에서 이상한 광경을 목격하고 멈칫했다.

그들 못지않게 그들을 안내하던 사내도 놀랐는지 그의 입에서 이전과 다른 음색의 목소리가 튀어나왔다.

"엇?"

두 사람은 그런 사내의 목소리의 이상함을 미처 눈치채지 못했다. 그만큼 눈앞의 보이는 광경이 특이했기 때문이다.

흑흑.

처음 장원에 들어올 때 그들을 안내하던 노파가 입구에 서서 허공에 중얼거리며 닭똥 같은 눈물을 뚝뚝 흘리고 있었다.

"저 노파는…?"

"대체 무슨 일이지?"

두 사람은 난감한 표정을 지었다.

식당으로 가기 위해서는 저곳을 지나야 하는데 노파를 이대로 못 본 척하고 지나갈 수 없었다. 두 사람은 사내를 슥 쳐다봤다.

"제, 제가 가보도록 하겠습니다."

"그러시오."

이곳에서 같이 일하는 사이라고 알고 있기 때문에 사내에게 일단 맡기기로 했다.

사내, 황보석해는 서둘러 노파에게 다가갔다.

노파, 제갈수연은 황보석해가 가까이 다가왔음에도 보지 못했는지 여전히 다른 쪽을 응시하며 흐느끼고 있었다.

[연 매! 무슨 일이오?]

황보석해는 남궁진상과 황덕칠이 들을까 싶어 전음으로

그녀를 불렀다.

그러나 그녀는 못 들었는지 반응이 없었다.

[연 매?]

그가 재차 몇 번 전음을 보냈는데도 제갈수연은 본 척도 하지 않았다.

시간은 흐르고, 남궁진상과 황덕칠이 지켜보고 있다는 것이 황보석해를 더 재촉하게 만들었다. 황보석해는 하는 수 없이 제갈수연의 어깨에 손을 올리면서 낮게 그녀에게 소곤거렸다.

"…정신 차리시오."

"아니야, 아니라고!"

진법에 당했다는 걸 모른 채 황보석해가 만지자 그녀의 반응은 오히려 격렬해졌다. 음성 또한 본래의 목소리를 담은 채 평소의 그녀답지 않게 고성을 내질렀다.

그 소리는 그들을 지켜보고 있던 남궁진상과 황덕칠에게까지 똑똑히 들렸다.

"아니, 이 목소리는…?"

무엇보다 황덕칠의 눈매가 날카롭게 변했다.

황보석해는 눈앞의 제갈수연이 자기가 알고 있는 제갈수연이 맞는지 의심이 들었다. 가능하다면 당장 인피면구를 벗겨서라도 확인을 하고 싶은 충동이 일어났다. 그보다 그의 입에서 나와선 안 될 말이 불쑥 튀어나오고 말았다.

"연 매! 왜 그러시오? 어디 아픈 것이오?"

사람은 예상하지 못한 상황을 겪게 되면 당황한다. 그 당황함 속에서 예기치 않은 실수가 일어난다.

"믿어줘. 내, 내가 연모한 사람은 규원 오라버니가 아니라… 너였어. 흑흑, 정말이야."

제갈수연은 장내에 누가 있는지 몰랐다. 진법에 갇혀 오로지 혼자서 환영에 사로잡혀 있었다. 그렇다 보니 평소에 속내를 잘 표현하지 않은 그녀가 본인의 속내를 진솔하게 드러내고 있었다.

그녀의 속마음을 듣고 있는 사람들의 얼굴 표정이 시시각각 변했다.

황보석해는 제갈수연의 어깨에 올렸던 손을 맥없이 내렸다.

제갈수연을 바라보던 그의 눈동자가 착 가라앉았다.

한편, 이들을 지켜보는 남궁진상과 황덕칠의 반응은 사뭇 달랐다.

남궁진상은 노파의 얼굴에서 저런 음색이 나왔다는 것에 놀랐으며 곧 저들이 인피면구를 쓰고 있다는 것을 감지해 냈다.

저 익숙한 목소리의 주인공이 얼마 전에 조우했던 정천맹의 후기지수임을 알고 분노했다. 그리고 또다시 황덕칠이 저들과 내통한 것이란 생각에 배신감을 느끼며 그를 획 노려봤다.

"이 배신자가……."

분노를 하면서 성질을 내려다가 황덕칠을 보고 남궁진상은 뒷말을 잇지 못했다.

황덕칠은 이전에 볼 수 없는 얼굴 표정을 짓고 있었다. 너무 힘들거나 지칠 때에도 그 천연덕스럽고 멍청한 표정을 지었던 그와 지금의 그는 너무 낯설게 느껴졌다.

두 주먹을 꽉 말아 쥔 황덕칠의 눈동자에서 열화가 치밀어 올랐다. 수련할 때에도 보이지 않았던 독한 표정을 짓는 그는 한순간 악귀가 되어 있었다. 그의 몸 안에서 내력들이 용암처럼 들끓었다.

"이 씨부—랄—놈—아!"

황덕칠의 입에서 맹수가 내뿜는 포효와 같은 사자후가 터지면서 말이 채 끝나기 전에 이미 그의 몸은 앞으로 날아가고 있었다. 한 번의 도약으로 이 장 거리를 훌쩍 좁힌 그의 몸은 포탄이나 다름이 없었다.

한편, 제갈수연의 일로 충격을 받은 황보석해에게 황덕칠은 어쩌면 더 큰 충격으로 다가왔다.

양 주먹을 뒤로 뺐다가 한 번에 앞으로 밀어 넣는 쌍권추(雙拳鎚)의 위력적인 기세 앞에 황보석해도 일단 피하지 않고 양 주먹을 내밀어 응수했다.

—펑, 펑.

주먹과 주먹이 교차하면서 가죽 포대 찢어지는 소리가 연방 터져 나왔다.

선불 맞은 멧돼지처럼 도약했던 황덕칠과, 뒤늦게 두 다리를 땅에 단단히 지탱하고 응수하던 황보석해 어느 쪽도 밀리지 않았다. 그 자리에서 주먹을 맞댄 채 두 형제의 힘 겨루기는 시작이 되었다.

황보석해는 가득이나 제갈수연 일로 힘든데 같은 편이라고 생각하던 황보규원의 공격에 짜증이 묻어나는 말투로 말했다.

"규원, 대체 뭐하는 짓이냐?"

"그 더러운 주둥이로 내 이름 말하지 마."

"지금 실성한 것이냐? 나 석해다. 황보세가의 장자이자 무림에서 일권신풍이라고 불리는…….."

"여전히 잘났다고 떠드는구나. 그만 닥치고 뒈져!"

황덕칠은 교차한 주먹을 살짝 물렸다가 앞발을 디디며 다시 패도적으로 주먹을 내질렀다. 모든 것을 찢을 듯이 맹렬한 주먹은 황보세가의 패권(覇拳)으로 황보세가의 대표적인 권법 중에 하나였다.

황보석해는 자신의 얼굴을 향해 날아오는 주먹을 태산십팔반장(泰山十八盤掌)의 삼 초식을 응용해 흘리면서 소리쳤다.

"그만하지 못할까? 같은 형제끼리 이 무슨 추태냐? 도와도 모자랄 판에 지금 이 형을 공격해? 그러고도 네놈이 황보세가의 차남이라고 할 수 있느냐?"

"그딴 거 개나 주라고 해. 언제 네놈이 나를 동생으로 생각하기는 했더냐? 황보세가가 나에게 해준 것이 무엇이냐? 이 거지같은 신분 때문에 사랑도 뺏기고, 자유도 뺏기고… 이 거지같은 놈의 가문!"

"지, 지금 말 다 했느냐? 어디서 그런 배은망덕한 말을! 내 오늘 네놈의 썩은 정신머리를 단단히 고쳐주도록 하마."

"얼마든지. 형이고, 나발이고 없다. 어금니 꽉 깨물어!"

황덕칠은 장차 가주가 될 몸이 아니기 때문에 황보세가가 자랑하는 성명절기인 벽력신권(霹靂神拳)과 벽력신장(霹靂神掌)을 익힐 수가 없었다. 그렇기 때문에 가문의 기본 권법인 패권이나 천왕삼권(天王三拳) 정도로 응수를 해야 하는 상황이라 훨씬 불리했다. 또한 기본적으로 황보석해는 장자로 각종 영약에 많은 혜택을 얻은 반면에 황덕칠은 여러 가지 면으로 부족했다.

이런 점 때문에 일반 사람들이 생각할 때는 백이면 백, 황보석해의 우위를 점칠 것이다.

하지만 그건 과거의 이야기였다.

황덕칠과 황보석해의 싸움을 묵묵히 지켜보며 주먹을 불끈 쥐고 있는 남궁진상만은 황덕칠이 이기기를 간절히 바랐고, 이기리라고 확신했다.

'그래, 황덕칠! 너는 황보 놈이 아니었어. 너는 나와 같이 천하장에 있는 황덕칠이다. 가서 우리가 이제까지 개고생한 결과물을 확실히 보여주라고!'

황보석해는 황덕칠의 이런 반항에 기분이 많이 상했는지 처음부터 진지하게 임했다. 비열함 따위는 생각지 않고, 황덕칠이 익힐 수 없는 벽력신권으로 초반부터 그를 짓눌렀다.

―쾅쾅.

일 권을 내지를 때마다 벽력 소리가 나온다고 하는 벽력신권의 위력은 상상이상이었다. 황덕칠은 처음에 맞서서 응수하려다가 주먹과 주먹을 겨루어보고, 힘에 밀린다는 사실을 깨닫고 보법으로 피하기에 급급했다.

그래도 모두 피할 순 없어 주먹과 주먹의 힘 싸움을 겨루고 나면 주먹이 감전된 것처럼 지릿지릿 거려왔다. 황덕칠은 새삼 벽력신권의 위용에 감탄하면서도 그 정도 충격에 눈 하나 깜짝하지 않았다.

'뭐 지난번에 돌을 막아낼 때보다 덜 아프구나. 일단 정식으로 힘을 겨루기엔 불리해. 틈을 노려야 해, 틈을!'

능사운에게 무공을 배우면서 받은 충격 중에 하나는 무공이라는 것이 단순히 비무에서 그치는 것이 아니라는 점이다. 무공을 겨룬다는 것은 엄연히 실질적이고 생존을 위

한 목적이다. 승리를 해야 하는데 정직함은 만용이고, 쓸데
없는 짓이라고 했다. 상대를 효과적으로 제압하려면 상대
의 틈을 노려야 했다. 그것은 비겁한 것이 아니라 영리한
행동이라는 점이다.

황덕칠은 황보석해와 같이 천왕보를 사용하다가 어느 순
간부터 영허를 응용했다. 황보석해가 이미 알고 있다고 생
각해 따라붙어서 내지른 주먹을 피하고, 그의 움직임 뒤의
빈 공간을 향해 주먹을 내질렀다.

'허! 이, 이놈이……'

재빠르게 피하고, 날렵하게 날아드는 주먹에 몇 번 타격
을 당하자 황보석해도 여유롭던 마음이 싹 사라졌다. 도리
어 공격을 했다가 반격을 더 잘 당하는 바람에 긴장을 하며
공격을 하는 것이 망설여졌다. 자연히 그의 몸은 움츠러들
었다.

상황이 이렇게 변하자 황덕칠은 자유롭게 공격을 가할
수 있었다. 물론 황보석해가 방어적인 자세로 벽력신권을
이용해 맞받아치는 것은 만만치가 않았다.

'빌어먹을 놈이 끝까지 가문의 후광만 자랑하고 있어. 이
런 놈에게 수연을 뺏길 수 없다. 이제부터 뼛속까지 아프도
록 해주마!'

그간 마차를 끌고, 능사운의 모진 갈굼과 말이 되지 않은
수련을 통한 결과물을 선보이기로 했다.

지속적으로 영허를 응용하면서 이제까지 선보이지 않았던 공허의 호흡을 시작했다. 평범하게 응용했던 패권에 공허의 기운이 실리자 무려 몇 배나 되는 위력이 함께 쏟아져 나왔다.

—펑.

눈에 보일 정도로 들어오는 주먹이라 황보석해는 아무 의심 없이 주먹으로 맞받아쳤다. 그리고 그것은 곧 크나큰 위험으로 다가왔다.

"컥!"

주먹을 통해 팔이 부러진 것 같은 고통이 흘러 들어왔다. 그것은 팔뿐만 아니라 어깨 그리고 상체의 균형을 뒤흔들어 놓았다.

'뭐, 뭐야? 내력이 이렇게 엄청났었나?'

황보석해는 황덕칠의 주먹을 이해하기 어려웠다. 가볍게 내지른 주먹에서 혼신의 힘을 다한 위력이 나오다니.

황덕칠이 그런 황보석해에게 조소를 날렸다.

"왜, 놀랐어?"

"닥쳐라! 그렇게 내력 소모를 해봤자 네놈은 날 넘어설 수 없다."

"그 빌어먹을 가문에서의 서열은 어쩔 수 없지. 하지만 지금은 달라. 그런 것 집어치우면 난 너보다 훨씬 강해."

"웃기지 마! 이건 엄연히 하극상이다."

"하극상? 참, 웃기는 군. 동생의 여자를 빼앗는 걸로도 모자라 이제 내가 네놈의 개가 되어야 하나 보군? 난 그렇게 살지 않을 거다."

황덕칠의 얼굴이 사납게 일그러졌다.

지난날, 그가 도망치듯 가문을 나온 이유는 바로 가문 안에 묶여 있는 규율 때문이다. 가문이라는 이름 아래에 좋아하는 연인을 빼앗기고, 그것도 모자라 첩자질까지 해야 했다.

이런 설움은 당연한 거라고 누군가 그러했다.

그래서 참으려고 또 참아보려고 했다.

그런데 그 누군가가 저 뒤에서 슬픈 얼굴로 후회를 한다고 울고 또 울고 있다.

왜?

대체 왜 우는 것인가?

후회하지 않는다고 나를 설득한 그녀가 지금 울고 있다.

황덕칠은 이제야 깨달았다.

그녀는 겁이 났던 것이다. 그런 그녀를 그때는 이해하지 못했고, 지켜주지 못했다.

"지금에 와서 후회가 된다. 그날, 누가 뭐라 해도 그렇게 물러나면 안 되는 거였어."

더 이상 황덕칠의 마음 안에 가문은 없었다. 그에게 가족이라고 불리는 존재는 그를 구속하고, 그에게 명령을 내리는 집단일 뿐이었다.

이제 스스로 그 집단을 깨부술 차례였다. 그리고 저기 울고 있는 그녀에게 용서를 구하고 싶었다.

"닥쳐라! 지금 네놈이 잠깐 잔재주를 부리는 모양인데……."

황보석해는 황덕칠이 믿고 있는 사람이 능사운이나 다른 일행이라고 생각했다. 그렇기 때문에 그의 기세를 줄이기 위해 자랑스럽게 떠들었다.

"…네가 떠받드는 그 장주란 놈도 이미 중독되어 꼼짝없이 당했을 것이다. 곧 너희도 그런 신세가 되겠지. 크하하핫!"

"……."

그의 웃음에 황덕칠은 아무런 대꾸를 하지 않았다. 그것을 보고 황보석해는 황덕칠의 기세가 꺾였다고 생각을 했다.

하지만 잠시 후, 황덕칠이 더 크게 웃는 것을 보고 당황했다.

"하하하핫! 지금 뭐라고 했냐? 누가 당해? 남궁아, 글쎄 장주님이 당하셨단다."

"크크크큭. 정말 오랜만에 들어보는 농이네. 에효, 저런 놈이 황보세가의 소가주라니. 너도 고생이 많다, 덕칠아.

배고프니까 후딱 처리해라. 이러다가 정말 아무것도 못 먹겠어."

"알았어. 금방 끝내마. 아, 그동안 이딴 놈인 줄 모르고 내가 정말……."

황덕칠의 말끝을 흐리더니 순간적으로 황보석해의 앞에 불쑥 튀어나왔다. 예상치 못한 움직임에 황보석해는 뒤늦게 방어를 하려 했지만 늦었다.

―퍽.

"…후회한다, 후회해. 나도 전에는 너 같은 놈이 맞다고 생각하고 살았으니까."

일 권이 제대로 황보석해의 복부를 파고들었다. 그러자 황보석해는 새우등이 되면서 콧물과 침을 줄줄 흘렸다.

"커헉."

"정신줄 꽉 잡으라고. 장주님께서 늘 하시던 말이 뭔 줄 아냐?"

황보석해는 벽력신장의 삼 초식인 벽력출해를 이용해 다시 황덕칠과의 거리를 벌렸다. 오장육부가 뒤틀리는 고통에 정신이 아득했다. 목구멍까지 올라오는 걸 간신히 집어삼키느라 대꾸할 여력이 없었다.

"미친개는 몽둥이가 답이라고."

"헛!"

황덕칠이 영허를 또 극성으로 활용해 단숨에 거리를 좁

허 재차 똑같은 곳에 주먹을 내질렀다. 황보석해가 뒤늦게 헛바람을 집어삼키고 피하려고 해도 주먹은 거머리처럼 쫓아가 그의 복부 한복판에 꽂혔다.

"크헉!"

황보석해는 다시 새우등이 되었다.

"쿠에에엑."

눈이 흰자를 드러냈고, 이제까지 참았던 것이 한 번에 입에서 꾸역꾸역 쏟아져 나왔다.

서 있을 힘조차 빠졌는지 몸이 취한 사람처럼 흔들거렸다.

그런 그를 황덕칠이 친절하게 붙잡아주었다.

"그러니까 좀 맞자."

황덕칠이 씩 웃었다. 그의 웃음기 어린 얼굴이 능사운과 겹쳐 보여 남궁진상은 순간 오한이 들었지만, 어쩐지 통쾌해 그를 응원했다.

"형님, 이건 아우가 드리는 사랑이라오."

―퍽.

"크윽."

"이건 수연이 몫."

―퍽.

"크윽."

"이건 장주님의 몫."

―퍽퍽.

"크억!"

"또 누가 있더라?"

평소 듬직하고 호방하기로 정평이 나 있던 황보석해의 얼굴에는 검푸른 멍 자국이 가득했다.

맞느라 경직되었는지 덩치가 큰 그의 몸이 왜소하게 느껴졌다.

"크으… 사, 살려……."

"뭐라고? 안 들리는데?"

황보석해 역시 사람인지라 인간이 가지는 기본적인 욕구인 생존을 위해 황덕칠에게 목숨을 구걸하기 시작했다.

그동안 쌓인 것이 많았는지 황덕칠의 주먹에는 살심이 가득해 보였다.

"자, 잘못했다. 한, 한 번만 용서……."

"대 황보세가의 소가주께서 쓰레기 같은 동생에게 사과라니요? 그냥 죽으면 죽었지. 지난번에 뭐? 남자는 자존심이라고 했던가?"

"그, 그건……."

"후후, 남아일언 중천금이라고 했었는데?"

황덕칠이 사악한 미소를 짓고 재차 주먹을 휘둘렀다. 물론 내력이 실리지 않은 주먹이라 아프지 않았지만, 때린 데를 또 때리는 터라 황보석해의 입장에서는 죽을 맛이었다.

그동안 억눌러 있던 분노를 해결하느라 분주한 그를 남궁진상이 뜯어 말렸다.

"으, 잔인한 놈. 그래도 피는 물보다 진하다고 하던데 어지간히 해라. 이러다가 정말 밥 구경도 못하겠어."

"후하, 알았다. 간만에 속이 뻥 뚫리네."

능사운에게 당한 것까지 다 풀었는지 황덕칠의 얼굴 표정은 상당히 개운해 보였다. 그러다가 입구에서 여전히 흐느끼고 있는 제갈수연을 보자 다시 마음이 착 가라앉았다.

"참, 제갈 소저는 어떻게 해야 하나?"

"......"

황덕칠은 조용히 그녀에게 다가갔다. 그녀가 하는 말은 대부분 후회와 사죄에 대한 이야기였다.

그 대상이 자신임을 알게 된 황덕칠의 마음 한구석이 찢어질 듯 아팠다.

남궁진상이 말없이 황덕칠의 어깨를 툭툭 두드려 주었다.

"밥이고 나발이고, 일단 제갈소저부터 구해야 할 듯하다. 어쩌다가 진법에 갇혀가지고… 끄응. 일단 사부님부터 모셔올게."

난감한 일이 있을 때 이제 가장 먼저 떠오르는 대상은 능사운이었다. 무섭고 두려운 존재이지만, 언제나 든든하게 일을 해결해 주는 해결사인 그의 존재가 필요했다.

"그래, 고맙다."

황덕칠은 남궁진상에게 진정으로 고마운 마음을 느꼈다. 그동안 장원에서 치고 박고 싸웠지만, 같이 마차를 끌면서 많은 동질감과 알게 모르게 깊은 정이 들었다.

이럴 때 자리를 비켜주는 그의 마음 씀씀이가 너무나 고마웠고 미안했다.

남궁진상이 능사운을 찾으러 떠나자 장내에는 혼절해 있는 황보석해와 그 둘만이 남게 되었다. 여전한 그녀의 혼잣말에 황덕칠은 듣지 못해도 계속 대답을 해주었다.

"아니야, 내가 미안해."

상처 입은 작은 새같이 느껴지는 그녀를 꼭 끌어안아 주며 황덕칠은 모처럼 진지한 어투로 말했다.

"…내가 늦어서 미안해."

*　　　*　　　*

능사운 일행은 느긋이 식당을 나왔다.

정천맹의 후기지수들이 파놓은 함정이 더 있을지 모르는 일이었다. 그럼에도 그들은 모두 다 무덤덤했고, 여유로워 보였다.

그렇게 된 이유는 바로 능사운 때문이다.

후기지수들의 함정이 허술한 것이 아니라 대상의 수준을 고려하지 않았던 부분이 컸다.

그 결과 당삼표는 반사 상태가 되었고, 언예지도 힘이 쭉 빠져서 혼절해 있는 상태였다.

능사운은 기지개를 켜며 하품을 했다.

"흐아아암. 귀찮아, 귀찮다."

후지기수들이 파놓은 함정이 애들 장난처럼 느껴지는 터라 그의 무료함은 더 커졌다.

주소연은 능사운이 늘 하품을 하면 반사적으로 말을 했다.

"장주, 난 심심해. 심심하다고! 빨리 고기 잡으러 가자. 이왕 잡으러 갈 거면 큰 배를 빌려서⋯⋯."

또 시작된 그녀의 투정에 능사운은 하품이 쏙 들어갔다.

언제부터인가 그녀 앞에서 '심심하다'라는 말을 꺼내지 않은 것도 저런 말을 너무 자주 들어서일지도 몰랐다.

능사운은 그런 그녀를 달랬다.

"내 누누이 말했지만, 일이 끝나기 전에는 놀 수 없소. 그러니 조금만 더 참으시오."

"피이, 맨날 그 소리. 지겹단 말이야!"

"어허, 장원에 남아 있으라고 했는데 따라오겠다고 한 것은 공주요."

'뭐, 그 덕분에 일이 쉽게 풀려가는 것 같지만.'

주소연이 아니었다면 그리고 후기지수들이 이런 함정을 파주지 않았다면 그 귀찮은 군웅대회를 모조리 치러야 했을 것이다.

능사운의 말에 주소연은 또 토라졌다.

"치, 알았다고, 알았어. 그래도 심심한 걸 어쩌라고!"

"그러니까 이번 여정을 최대한 빨리 끝내려고 하는 중이요. 자꾸 이렇게 방해하면 돌아가는 길에 느긋하게 구경하고 쉬었다 가려는 계획이 다 틀어지는데 괜찮겠소? 흐음, 그냥 군웅대회를 치르고, 싸움질이나 하고 시간을 보내는 편이 나으려나?"

"아, 알았어. 그럼 정말 약속지키는 거야?"

"물론이요. 일만 잘 마무리되면 공주가 원하는 꽃구경, 뱃놀이 다 가주리다. 단, 일이 끝날 때까지는 조용히 있으시오."

"히히, 알았어."

아이에게 사탕을 주어 달래는 것처럼 능사운은 주소연을 달래는 기술이 날이 갈수록 더 좋아지고 있었다. 말자를 빼고, 주소연의 아이 같은 천진난만한 모습에 다들 미소를 지었다.

특히 비홍은 그런 주소연의 모습을 많이 신기해했다.

'정말 사랑을 하면 저리 되는 것일까?'

황실에서 보지 못한 주소연의 달라진 모습과 요즘 들어 자신에게도 이상함을 감지한 비홍의 마음은 아직도 싱숭생숭하기만 했다.

이 자리에 남궁진상이 있었다면 괜히 또 얼굴이 붉어지는 걸 숨기느라 곤혹을 겪었으리라.

다른 일행들이 숙소로 걸음을 옮기려는데 능사운이 그런 그들을 제지했다.

"잠깐. 어떤 멍청한 고기가 제 발로 걸어오네. 이것만 마저 잡고 가자."

"응? 어디? 고기가 어디 있어?"

이 장원 안에 강은커녕 연못도 보이질 않는데 계속 물고기 타령을 하자 주소연이 고개를 갸웃거렸다.

능사운은 그런 그녀에게 말없이 미소만 지었다.

잠시 후, 반대 쪽 월동문에서 흙먼지가 자욱하게 일어나더니 소란스러운 소리가 들려왔다.

"모두 멈춰랏!"

쩌렁쩌렁한 소리와 함께 일단의 병사들이 등장해 그들을 순식간에 에워쌌다.

그들의 등장에도 모두 눈 하나 깜짝하지 않았다.

황실에서 잔뼈가 굵은 주소연은 오랜만에 병사들을 보니 반가운 마음까지 들 정도였다.

살벌한 기세로 그들을 향해 창을 겨누고 있는 모습이 위압적일 만도 한데 그들의 반응이 태연하자 도리어 당황한 쪽은 양천휘와 병사들이었다.

"이미 멈춰 있소만? 무슨 일이오?"

능사운이 심드렁한 목소리로 물었다.

누가 봐도 전혀 죄가 없는 사람같이 느껴지자 양천휘는 그의 옆에 서 있는 서문장천을 힐끔 쳐다봤다.

서문장천은 아무 말 없이 능사운 일행이 데리고 있는 두 사람에게 시선을 두고 있었다.

'실패한 건가?'

나머지 둘이 보이질 않아서 완전히 실패라고 말하기는 어렵지만, 일단 저들이 저런 상태로 된 것은 임무에 실패했다고 봐도 무방했다.

서문장천의 머리가 빠르게 회전했다.

'일단 다른 계획들이 다 수포로 돌아갔으니. 내가 계획한 방법에서 끝을 내야겠군.'

"장군. 저기 저 아낙과 사내는 제 일행들입니다. 저 흉악한 놈들 손에 저런 고초를 겪은 모양입니다."

"큼큼, 그렇소? 걱정 마시오. 내 금방 구해주리다."

엄연히 죄를 고발한 사람이 있기 때문에 양천휘는 당당하게 외쳤다.

"이 도적놈들! 감히 대 명의 관리의 집을 빼앗는 것도 모자라 선량한 백성들을 납치하고, 폭력을 휘둘러? 네놈 같은 무림인들은 칼 든 강도다. 내 오늘 대 명의 지엄한 법 아래 네놈들을 처단해 주마!"

양천휘는 어깨를 쫙 펴고, 추상과 같은 목소리로 그들을 질타했다.

보통 이러면 겁에 질려 이마가 터질 정도로 절을 하거나 무릎을 꿇고 비는 것이 정상이다. 그런데 그들은 뉘 집 개가 짖고 있다는 반응을 보였다.

눈앞의 광경은 양천휘로도 참으로 생소한 광경이었다.

그들의 그런 태도 때문에 잠시 멍청한 표정을 지었지만, 이내 그들이 자신을 무시한다고 생각해 양천휘는 분노했다.

"여봐라, 이 무자비한 놈들을 당장 포박해라."

"충!"

병사들이 일사불란하게 움직이려고 했다. 그러자 친위대들은 사방을 점하며 조용히 자리를 잡았다.

"물러나라."

다가오는 병사들에게 친위대 무사들은 경고했다. 그들은 조용히 무형의 기운을 끌어 올려 능사운 일행 쪽으로 다가서지 못하게 벽을 만들었다.

병사들도 친위대 무사들의 무위에 움찔거렸다. 이에 양천휘는 분개하며 사자후를 토해냈다.

"갈! 물러서지 마라. 우린 자랑스러운 대 명의 병사다. 이런 무뢰배 놈들에게 어딜 물러선단 말이냐! 물러서는 놈은 내 친히 먼저 베어주마."

그제야 병사들이 용기를 내어 달려들려고 했다.

그때, 주소연이 모두가 다 듣도록 큰 소리로 말했다.

"어이구, 놀고들 있네."

그 한마디에 양천휘를 비롯해 병사들은 모두 멈칫했다. 너무 황당한 나머지 멍한 표정을 지었다.

"뭐, 뭐라? 이 계집이 죽고 싶은 게냐? 얼굴만 반반해서 세상 물정을 모르나 본데. 내 오늘 세상의 쓴맛을……."

"계집? 이 새끼… 장주! 저놈이 나보고 계집이래. 얼른 가서 혼내줘!"

주소연은 시원하게 욕을 하려다가 능사운의 팔을 잡고 흔들었다. 그에게 험한 모습을 보이기 싫은 그녀의 행동에 말자는 입을 삐죽거렸다.

"열 받으면 직접 혼내주든가."

"뭐얏?!"

두 사람은 또 눈에 안광을 뿜어내며 서로를 매섭게 째려 봤다.

양천휘는 관부의 병사들이 포박을 하러 온 상황에서도 태연히 행동하는 그들을 도통 이해하기 어려웠다. 무엇보다 이렇게 존재감이 없이 무시를 당하는 경우는 또 처음이었다.

그는 더 이상 참을 수 없어 직접 나서려고 했다.

"이것들이 보자 보자 하니까……."

"이봐, 장군 나리. 뭐 하나만 물어봅시다."

공손하지 못한 태도였지만, 그래도 자신의 존재가 인식이 되었다는 생각에 양천휘는 자비를 베풀기로 했다.

"뭐냐? 이제 와서 오금이 저리는 것이냐? 뒤늦게 후회해 봤자 소용이 없다. 내 국법으로 엄히 너희를 처단……."

"그놈의 국법에 대한 건데 장군은 누구한테 충성을 하는 것이오?"

"나로 말할 것 같으면 태어나서 지금까지 줄곧 황제 폐하와 대 명제국을 위해 충성을 하는 거지. 이상한 걸 묻지 말고 얼른 포박이나 받거라."

"알겠소. 그전에 황실의 공주에게 욕을 보이면 어떻게 되는 것이오?"

양천휘는 갑자기 능사운이 질문을 많이 하자 겁이 나서 시간을 질질 끈다고 생각을 했다. 그는 귀찮아서 버럭 소리를 질렀다.

"시끄럽다! 그런 놈이 있다면 당연히 그놈의 사지를 갈기갈기 찢어서 젓갈을 담가야겠지. 어디 네놈도 한번 당해볼 테냐?"

"오호, 그렇소?"

능사운이 주소연을 한 번 쳐다보더니 이내 유휼 쪽을 바라보며 씩 웃었다.

유휼은 조용히 고개를 끄덕이며 앞으로 나섰다.

"넌 또 뭐냐?"

양천휘가 화를 내자 유휼은 구태여 말을 하지 않고, 품 안에서 무언가를 꺼내 그에게 홱 던졌다.

처음에 암기인 줄 알고 움찔하던 양천휘는 이내 그것이 작은 호패이고, 천천히 날아오자 무안한 듯 헛기침을 하고 그걸 받아 들었다.

"크흠! 이게 뭐냐? 이딴 걸로… 뜨헉!"

그 호패는 그냥 단순한 호패가 아니라 순금으로 만들어진 것으로, 금방이라도 튀어나와 날아오를 것 같은 봉황 한 마리가 새겨져 있었다.

그걸 본 양천휘는 화들짝 놀라 자신도 모르게 납작 엎드려 고개를 조아렸다.

"신 양천휘가 감히 공주마마를 알현하옵니다."

그 한마디에 병사들도 멀뚱멀뚱 서 있다가 일제히 창을 내려놓고 다들 납작 엎드렸다. 장내의 오십여 명의 병사가 순식간에 엎드리자 서 있는 사람이라곤 능사운 일행과 서 문장천뿐이었다.

서문장천은 지금의 이 상황에 뒤통수를 망치로 세게 여러 번 얻어맞은 듯했다.

'고, 공주라니?'

평소 회전력이 좋던 그의 머리는 고장이 났는지 움직이질 않았다. 그의 눈이 여러 사람을 향했고, 처음에 말을 한 주소연이 공주라는 걸 뒤늦게 깨달았다.

'이, 이런 낭패가……'

병을 치료하기 위해 준비한 약이 알고 보니 병을 더 악화시키는 독이 될 줄이야.

수습을 하려고 해도 방도가 보이질 않았다.

혼이 빠져나간 사람처럼 서 있는 서문장천을 향해 능사운이 냉소를 날렸다.

"준비한 것이 겨우 이거야? 너무 시시하잖아."

"……"

서문장천은 고개를 떨구었다.

완벽하게 능사운에게 당한 것이다. 그것도 철저히 농락을 당한 것이다.

자신들은 정천맹이란 우물 안에서 조금 더 멀리 뛸 줄 알았던 개구리에 불과했다.

능사운이라는 우물 밖의 거대한 존재를 모르고 무턱대고 덤빈 것이 화근이었다.

능사운은 엎드려서 눈치를 살피는 양천휘에게 말했다.

"어이, 장군 나리. 아까 뭐라고 했었지?"

꿀꺽.

양천휘는 좀 전에 자신이 했던 말을 떠올릴 엄두를 내지 못했다. 차라리 떠오르지 않기를 바랐다.

아니 이곳에 오기 전으로 돌아가고 싶은 마음이 간절했다.

하지만 현실은 냉혹했다.

양천휘는 쿵 소리가 날 정도로 땅바닥에 이마를 찍었다.

"…죽여주십시오."

"왜 그래? 대 명제국의 장군께서. 어서 그 국법을 보여달라니까."

"…죽여주십시오."

"에이, 무뢰배에게 이렇게 굴복하면 쓰나? 유휼아, 황실에서는 공주를 모욕하면 또 어떤 형벌이 있지?"

유휼은 조용히 할 말을 다 했다.

"그 당사자를 포함해 관계있는 자들을 모두 벌하고, 구족을 멸합니다."

"오호, 구족까지?"

양천휘는 그 말에 사시나무 떨듯이 몸을 바들바들 떨었다.

"부디 저 하나만… 자비를 베풀어주십시오."

"자비? 대 명제국의 법은 자비로 해결이 되나?"

"…죽여주십시오."

양천휘는 계속 머리를 쿵쿵 찍느라 이마가 찢어져 피가 흥건이 흘러나왔다. 이대로 가다가는 머리가 깨져서 먼저 죽을 것이다.

솔직히 양천휘는 이대로 정말 자신만 죽었으면 좋겠다고 생각이 들 정도였다.

'으아아아! 한평생 후회 없이 살아왔거늘. 이게 다 저 망할 놈의 정천맹 무인 놈 때문이다.'

이제 와서 후회한들 달라지는 것이 없었다. 다만 기회가 된다면 자신을 이런 사지로 몰아넣은 정천맹을 갈아 마시고 싶다는 욕망이 커져갔다.

능사운은 잔인하게 몇 번 더 양천휘를 골려먹었다.

그 모습에 다른 일행들은 고개를 설레설레 저었다.

그의 악마 같은 모습을 보면 누구나 적으로 삼고 싶지 않으리라.

능사운은 장난감을 만난 어린아이처럼 실컷 놀더니 개운해진 표정으로 주소연을 바라봤다.

"어떻소? 이제 만족하오?"

"그래, 그만해. 저 멍청한 놈이 알고도 저러지 않았을 거야. 난 공주로서 넓은 아량을 베풀 수 있어. 암, 난 자비로운 여자니까. 헤헤."

주소연이 능사운에게 마치 칭찬을 바라는 아이처럼 말하는 것을 꼴사나워하는 말자가 또 한마디 꺼냈다.

"흥! 웃기시네. 애처럼 칭얼거리지나 말지."

"뭐야? 너 지금 뭐라고 했어? 엉? 지금 이 상황이 안 보여? 내가 바로 이런 사람이야. 넌 지금 불경죄를 저질렀어! 당장 내 너를……."

"아이고, 무서워. 그럼 잘나신 공주님은 황실로 다시 들어가시든가."

"이… 이! 너 두고 봐. 장주, 이 독한 계집애 좀 쫓아내. 정말 애 때문에 내가 못살겠어. 주름이 자꾸 늘어난단 말이야."

또다시 두 사람이 투닥거리자 능사운은 관자놀이를 꾹꾹 눌렀다. 다시금 두통이 오는 듯했다.

'빨리 정리하자. 이거 쉬려다가 더 피곤해지네.'

"자, 들었지? 장군 나리. 공주께서 특별히 자비를 베푸신다고 하니 그만 일어나시오."

"황공하옵니다. 공주님께서 내려주신 천금 같은 자비를 평생 잊지 않고 살겠습니다. 이 은혜를 뼛속 깊이 새겨 이 나라를 위해 더 노력을 하겠나이다."

"황공하옵니다."

병사들이 일제히 쩌렁쩌렁하게 외쳤다.

양천휘는 슬금슬금 눈치를 살피며 일어났다. 그는 주소연보다 능사운이 더 무섭게 느껴졌다.

'대체 저자는 누구지? 설마 부마인가?'

양천휘는 공주에게 스스럼없이 대하는 능사운의 태도에 화가 나기보다는 너무 자연스러워 자연히 그를 우러러 보게 되었다.

능사운은 상황을 정리해 갔다.

"보다시피 공주께서 잠시 쉬기 위한 것인데 이것이 도적질이라 하면 뭐, 할 말이 없겠소."

"천부당만부당하신 말씀이옵니다. 이건 다 저희의 불찰이옵니다. 공주님께서 오실 줄 알았으면 성으로 모셨어야 하거늘."

"하하, 아니오. 한데 우리가 지금 죄인 취급을 받아 상당히 불쾌하오만. 이 일이 왜 일어났는지 철저히 밝혀내야 할 것이오."

자연스러운 하대와 명령조에도 양천휘는 기분 나빠 하지 않고, 도리어 기회를 준 능사운에게 감사한 마음이 들었다.

"다시 한 번 맡겨주십시오. 제가 잠시 저 사악한 무림인의 농간에 넘어갔나 봅니다."

"오호? 그래요? 공공연하게 방금 전에 우리도 독살을 당할 뻔 했는데… 저자와 연관이 있으려나?"

"도, 독살 말씀이십니까? 감히 어떤 놈들이…!"

양천휘는 흥분해서 콧김을 씩씩 뿜으며 안광을 쏘아냈다. 그의 그런 모습은 정말 충심이 깊은 자로 보였다.

능사운은 그런 양천휘가 싫지 않았다.

'아직 놓친 고기를 잡는 데 제격이긴 하겠어. 뭐, 일단 소문을 내줄 사람도 필요하니까.'

이미 밥을 먹고도 소화가 될 상황에 이르렀다. 능사운은 다른 일도 처리를 해야 했기 때문에 그에게 직접적으로 명령을 하달하지 않았다.

"유휼."

"예, 장주님."

그는 그나마 일행 중에서 가장 믿음직한 유휼을 불렀다.

[뒷일을 부탁해. 일단 서문세가 놈은 포박해서 구금하도록 하고, 저기 장군을 통해서 이 일을 대대적으로 알려야 해.]

[무슨 말씀이신지 잘 알겠습니다.]

[그래, 왕부에도 연락을 취하게. 이대로라면 폐하께서 구상하신 계획을 실현하는 데 어느 정도 도움이 될 거야.]

[그럼 이제까지…….]

[뭐, 그냥 내가 드리는 간소한 선물쯤이라고 해두지. 나역시 동생들 찾는 데 도움을 받고 있으니까 말이야.]

[주군께서도 정말 좋아하실 겁니다.]

능사운과 유휼이 전음으로 이야기하는 것이 길어지자 주소연이 투덜거렸다.

"뭐야? 그 전음인가 뭔가로 둘이 뭘 그리 속닥거리는 거야? 나도 좀 알자. 응?"

"오늘 저녁에 먹을 음식에 대해 이야기한 것이오. 밥도 먹었으니 이제 그만 쉬러 갑시다."

"그래, 난 차가 마시고 싶어."

능사운은 혼이 나간 사람처럼 서 있는 서문장천에게 마지막으로 한마디를 더하고 몸을 돌렸다.

"곪은 부위는 살이 아니야. 곪으면 언젠가 터지기 마련이지. 그리고 새살이 나오는 거야. 알아서 터져줘서 고맙군."

第七章 작은 변화

　남궁진상은 식당이 어디 있는 줄 몰라 헤매다가 저기서
오는 능사운 일행을 보고 반가운 마음에 한달음에 달려갔
다.

　"사부님─!"

　"에효, 저 화상. 일어난 모양이네."

　그의 존재에 능사운은 무심했지만, 삿갓을 쓴 비홍의 얼
굴은 도홧빛으로 물들었다.

　남궁진상이 능사운 앞에 당도하자 그 역시 서둘러 비홍
쪽을 힐끔거리느라 바빴다. 그런 그에게 주소연이 면박을
주었다.

"왔으면 말을 할 것이지. 왜 자꾸 눈알을 돌려?"

"아, 아닙니다. 아무튼 지금 큰일이 났습니다."

"큰일?"

남궁진상이 호들갑을 떨며 말했다.

"놀라지 말고 들으십시오. 아까 저희 안내해 준 노파가 글쎄 제갈수연이고, 나머지 놈들은 아마도……."

"정천맹의 후기지수들이다?"

"그렇습니다. 그놈들이 음모를 꾸미는 것 같으니 서둘러……."

"괜찮아."

능사운이나 다른 일행들은 시큰둥한 반응을 보였다.

"흥! 난 또 뭐라고."

"설레발."

주소연과 말자도 기대에 못 미치는 남궁진상의 말에 실망했다.

남궁진상은 능사운 일행이 이미 그 음모들을 다 깨부수고 왔다는 걸 모르는 상태라 어리둥절했다.

"아니, 괜찮다니요? 사부님이야 워낙 강해서 상관이 없다고 하지만 그래도 저들이 어떤 음모를 짰을지 모르니까 대비를……."

"시끄러! 쫑알거리는 거 보니까 힘이 남아도나 보다? 장원 안에서 한번 마차 끌어볼 테냐?"

"헙! 아, 아닙니다."

남궁진상이 합죽이가 된 것처럼 서둘러 입을 다물었다. 그러나 아직까지 의문은 풀리지 않았는데 그때 그에게 전음이 들려왔다.

[이미 식당에서 저들이 움직였어요. 일은 잘 해결이 되었고, 다들 제압이 된 상태예요.]

다소 경직되어 있는 목소리였지만, 남궁진상에게는 이 목소리가 쟁반에 옥구슬 굴러가는 소리만큼이나 청아하게 들렸다.

[하하하, 그리된 거군요. 이거 참, 제가 있었다면 아주 혼쭐을 내주는 건데 아쉽네요.]

[……]

비홍은 남궁진상의 말에 대답을 하지 않았다.

남궁진상이 다시 막 말을 꺼내려던 찰나.

능사운의 서슬 퍼런 목소리가 그의 전음을 가로막았다.

"또 연애질이냐?"

"연애? 응? 누가? 설마……."

주소연이 그의 말을 놓치지 않고 반응을 했다. 주위를 슥 둘러보던 그녀가 말끝을 흐렸다.

남궁진상이 괜히 먼 산을 바라보며 모른 척했다.

다행히 말자가 이죽거리는 바람에 주소연은 더 이상 자세히 그를 살피지는 않았다.

"댁은 아니니까 헛된 꿈은 접어두시지."

"홍! 너는?"

두 여자의 싸움이 다시 시작될 조짐이 보이자 능사운은 서둘러 화제를 돌렸다.

"그건 그렇고 왜 네놈 혼자야?"

"아! 그게……."

남궁진상은 비홍에게 정신이 팔려 목적을 잊고 있었다. 그는 뒤늦게 그간의 상황을 간략히 말했고, 능사운은 또 무심히 고개를 끄덕였다. 그런데 그의 입에서 나오는 말은 긴 여운을 남기는 듯했다.

"형제간의 싸움이라……."

"여기서 놀라운 점은 글쎄, 황가 놈이랑 제갈수연이랑 그렇고 그런 사이였다는 겁니다. 본래 가문에서는 저번에 본 덩치 큰 놈이랑 혼약이 되어 있는데 참으로 사랑이란 건 알다가도 모를 일입니다. 안 그렇습니까?"

남궁진상의 호들갑에 능사운의 말은 조용히 묻혔다. 그는 은근히 시선을 비홍 쪽에 두면서 말을 마쳤다.

이번 이야기는 그래도 흥미가 있는지 주소연이나 말자가 꽤나 관심을 보였다.

"그래서? 그래서 어떻게 되었는데?"

"아쉽게도 오해는 풀린 모양이긴 한데… 제갈수연이 진법에 갇혀 둘이 제대로 조우를 하지 못했습니다."

"저런, 안타깝다."

"신분을 초월한 사랑."

말자가 능사운 쪽을 바라보며 눈빛을 보냈지만, 능사운은 애써 시선을 피하며 다른 소리를 했다.

"사랑은 개뿔."

"칫, 저러니 둔탱이지."

"사랑을 몰라."

오랜만에 두 여인이 같은 생각을 보냈다.

"모르긴 뭘 몰라? 그런 음모나 짜는 것이 사랑이면 세상에 사랑이 아닌 게 어디 있어?"

"그럼 사랑이 뭐야?"

예기치 않은 주소연의 물음에 능사운은 공연히 헛기침을 했다.

"큼!"

"뭐냐니까?"

"남궁아, 그래서 진법에 아직도 간첩 있다고?"

"큭, 그렇습니다."

"이 자식이… 앞장서."

"네, 넵."

능사운의 저런 모습을 처음 보는 사람들은 피식피식 웃었다. 실소를 짓는 그들은 능사운도 그들과 다르지 않는 사람이란 걸 느끼며 조금 더 가까워진 기분을 느꼈다.

　　　　*　　　　*　　　　*

　능사운은 의자에 앉아 자신의 앞에 무릎을 꿇고 있는 후
기지수들을 복잡한 눈으로 내려다보고 있었다. 그들은 몰
골뿐만 아니라 정신적으로도 내상을 입었는지 많이 초췌해
보였다.

　특히 당삼표와 황보석해의 몰골은 사람 같지가 않았다.
독에 중독이 되어 온몸이 거무스름하게 변해 있고, 입술이
보랏빛을 띠는 당삼표는 눈을 뜨지 못하고 있었다.

　"에혀, 저놈 죽지는 않겠지?"

　"언제부터 그렇게 자비심이 가득하셨어요? 일단 숨은 쉬
고 살 정도는 만들어두었어요."

　말자가 무심하게 이야기했다. 그러나 그녀의 말대로라면
정말 죽지는 않으리라.

　황보석해는 황덕칠에게 여러 군데 구타를 당했는데 얼굴
죽지가 벌에 쏘인 것처럼 퉁퉁 부어 눈을 뜨기 어려워 보였
다.

　"쯧쯧, 어지간히 때리지. 야박한 놈 같으니라고."

　병 주고 약 준다고 능사운은 괜히 황덕칠에게 핀잔을 주
었다. 그래도 황덕칠이 이 정도까지 성장했다는 것에 능사
운은 나름대로 만족감이 들었다.

'이것이 제자를 키우는 맛인가? 나름 괜찮군.'

황덕칠은 능사운의 그런 말보다 그가 제갈수연에게 어떤 처분을 내릴지 전전긍긍해 있었다. 제갈수연은 다른 일행들과 같이 무릎을 꿇고 앉아 있었는데 별다르게 다친 부분은 없었다. 다만 너무 울어서 그런지 눈가가 부어 있었고, 눈이 충혈되어 있었다.

그가 계속 시선을 보냈음에도 그녀는 시선을 외면하고 조용히 고개를 숙이고 있었다. 그녀가 어떤 생각을 하는지 몰라 황덕칠은 속이 답답했다.

'하아, 이를 어쩌지? 저 악귀 같은 장주님이 가만히 있지는 않을 텐데…….'

능사운은 받으면 받은 만큼 몇 배로 갚아주는 성격이다. 그것을 잘 아는지라 진법을 풀어줄 때도 계속 제갈수연에 대해 잘 봐달라고 이야기를 하다가 몇 대를 얻어맞고서야 입을 다물었다. 그래도 그녀에 대해 두둔을 하고 싶은 마음이 굴뚝같았다.

이 중에서 가장 사지가 온전한 것은 단연 서문장천이었다. 그러나 서문장천은 아직까지 혼이 나간 사람처럼 눈동자의 초점이 잡히지 않았다. 입을 벌리고 있는 그는 입에서 침이 질질 새는 것도 잊은 채 큰 충격에서 헤어 나오지 못하고 있었다.

"쯧쯧, 저렇게 머리깨나 쓰는 놈들이 남들보다 더 빨리 미치는 법이지."

나머지 네 명이 무력하게 이 결과를 받아들이는 데 반해 언예지는 몸 안에 내력이 하나도 없는 상황에서도 분개한 얼굴로 능사운을 쏘아봤다.

"어이구, 무서워라. 이 아가씨야, 눈에 힘 좀 풀어."

"시끄럽다! 네놈이 이러고도 무사할 줄 아느냐? 정천맹에서 네놈들을 가만히 두지 않을 것이다."

"왜? 우리가 무얼 어쨌는데?"

"그, 그건… 우릴 지금 핍박하고 있지 않느냐!"

언예지가 잠시 당황하다가 다시 능사운을 향해 쏘아붙였다.

능사운은 그런 그녀의 모습에서 예전의 고집쟁이 여동생이 떠올라 피식 웃었다. 그런데 언예지는 그 웃음이 조소처럼 느껴졌는지 더 분노했다.

"우릴 이런 음모에 빠트리고도 무사할 줄 아느냐! 이 사실이 알려지면 무림의 동도들에게 너희는 지탄을……."

"이봐, 대상이 잘못되었잖아. 너희가 우리를 핍박한 거지. 이런 게 흔히 주객전도(主客顚倒)라는 거지, 아마. 맞나?"

"웃기지 마. 일부로 속아주는 척하면서 우릴 농락하고, 이런 꼴을 만들다니!"

"그러니까 속인 건 너희가 먼저라니까. 안 그래?"

언예지는 동문서답을 하듯이 계속 고집을 피웠다. 종전에는 억울한 듯 그녀의 눈가가 붉어지면서 언성이 높아졌다.

결국 조용히 침묵을 지키던 제갈수연이 그녀를 달랬다.

"지 매, 그만해. 이건 우리 잘못이야."

"어, 언니. 아니야, 이건……."

"미안해. 이런 일에 지 매를 끌어들인 우리 잘못이야. 그러니까 이제 그만하고 쉬어. 책임은 우리가 질 테니까."

다른 일행들에 비해 서너 살이나 어린 언예지는 억울함에 이 사실을 인정하기 싫다는 마음으로 고집을 부렸지만, 제갈수연의 말에 현실을 받아들이고 말았다. 그녀의 뺨 위로 눈물이 흘러내렸고, 제갈수연은 말없이 그런 그녀를 품에 안아주며 다독였다.

"흑흑. 흐윽."

"그래, 그래. 착하지."

이 광경을 시켜보는 능사운은 뒷머리를 벅벅 긁었다. 이걸 지켜보고 있자니 괜히 마음 한구석이 걸리고 계속 보기가 불편했다.

"에잉, 이거 마침 내가 나쁜 놈 같잖아."

"맞아. 장주 독해!"

"잘 아시네요."

양옆에 앉아 있던 주소연과 말자까지 저들 편을 들고 나서자 능사운은 허망한 한숨을 내쉬었다.

"하아, 씁쓸하네."

음모를 판 쪽은 저쪽인데 더 크게 당한 쪽도 저쪽인지라 사람들의 동정은 당연히 저쪽에 몰렸다. 심지어 자신들을 노린 대상임에도 그들이 아직 어리고, 세상물정 모르는 후기지수들이란 점에서 마음이 더 작용한 부분도 있다.

능사운은 이들의 처우에 대해 고민에 빠졌다.

'이거 피해자는 난데 왜 내가 나쁜 놈이 되는 거야? 참나, 땡초 말대로 평소에 덕을 쌓지 않고 살아서 그런가?'

낭인 친구 중에서 소림 출신의 낭인인 현무라는 놈이 문득 떠올랐다. 지금은 생사를 알 수 없지만, 과거에 본인에게 풍파가 많을 테니 덕으로 대하면 그 풍파가 가시고 봄날이 오리란 이야기를 했었다.

낭인왕을 그만두면 편할 줄 알았는데 더 큰 풍파가 현무의 예언대로 그를 기다리고 있었다.

귀찮아 얽히고 싶지 않은 일도 인연이라는 굴레 안에서는 벗어나기 어려운 법이었다. 그런 점을 새삼 상기하고 나니 모든 것이 부질없게만 느껴졌다.

'이게 다 동생 놈들하고 잘살아보려고 한 건데 너무 일을 크게 벌였나?'

후회를 한들 달라지지는 않는다.

그것이 능사운의 신조였고, 때로는 쭉 뻗은 길보다 우회

하는 길을 택해야 함을 알고 있었다.

'암, 계획은 계획이지. 정천맹은 이미 썩을 대로 썩었어. 군웅대회를 연다고 하여 그것이 바뀌지는 않겠지. 오히려 새로운 풍파를 여는 꼴이 될 거야. 가장 좋은 건 새로운 바람으로 풍파를 비껴 나가게 하는 것일 테지.'

이번 사건은 분명 기회였다.

손을 대지 않고도 코를 풀 수 있었다.

그것을 놓치게 된다면 복잡하고 귀찮은 일이 벌어질 것이고, 또한 그것은 다른 운명으로 작용하여 지금보다 더 그를 조일 것이다.

그렇다는 것은 낭인왕을 했을 때와 달라지는 것이 없게 된다.

능사운은 무겁게 입을 열었다.

"너희가 내 목숨을 노린 것은 당장 죽어 마땅하다. 난 이제까지 내 목숨을 노린 인간을 살려둔 적이 없거든."

능사운을 조금 아는 자라도 그 밀에는 충분히 공감할 것이다.

그 말에 황덕칠은 불안해 앞으로 튀어나왔다.

"장주님. 제발 자비를……."

"이 새끼야, 사람 말을 끝까지 들어. 너도 이놈들과 한패잖아. 확 다 같이 물어버린다."

"아, 알겠습니다."

"보다시피 내 성격이 더러운 것은 잘 알 거야. 그럼에도 네놈들을 살려두는 것은 크게 피해를 입지 않아서다. 뭐 귀찮게 해서 짜증은 좀 났지만, 그에 대한 청구는 너희 가문들에게 직접 하도록 하지. 이것으로 내 문제의 해결은 끝."

너무나 허무하고 단순한 결과였다.

하지만 능사운의 말처럼 사람의 말은 끝까지 들어 봐야 한다고 그는 재차 입을 열었다.

"나머지 문제들은 단순한 사항이 아니다. 너희가 노린 대상은 나뿐만 아니라 대 명제국의 공주니까. 이것은 단순히 너희만으로 해결될 문제가 아니다. 너희 가문, 더 나아가 정천맹의 사활이 걸린 문제가 될 것이다. 그것은 잘 알고 있겠지?"

"……."

그 여파가 얼마나 무서운 것인지는 세상물정을 모르는 사람이라도 잘 알고 있었다. 그렇기 때문에 다들 꿀 먹은 벙어리가 된 것마냥 조용히 입을 다물고 있었다.

"내 마음 같아서야 용서를 해주고 싶다. 물론 자비로운 이 공주님께서도 용서를 해주겠다고 할지 모르지. 허나, 이건 공주님 혼자만의 문제가 아니다. 너희가 한 일은 공주님이 아닌 황실에 대한 도전이나 다름이 없는 거야. 이건 너희 윗선에서 책임을 져야 할 문제일 것이다. 그 정도의 각오도 없이 이런 음모를 꾸몄다고 하진 않겠지."

능사운의 일목요연한 말에 모두들 숨을 죽였다. 일방적인 말이 아니라 확실히 이번 일의 사안은 중대한 일이었다.

"이것이 용서를 빈다고 해결될 문제는 아니다. 따라서 너희는 엄연히 죄인 취급을 받을 것이며 정천맹에서 어떻게하냐에 따라 너희의 처우도 결정이 될 것이다. 할 말 있나?"

"……."

뭐라 변명할 사람이 없었다.

그들은 그저 지금 벌인 일이 후회가 되었고, 이 일을 계획한 장본인인 공손유찬에 대한 원망감이 들었다.

능사운은 자리에서 일어났다.

"그럼 끝. 일단 오늘은 여기서 쉬었다 간다."

"그럼 놀러가자!"

"오늘 일 보지 못하셨소? 위험하니 오늘은 잠자코 쉬시구려."

"칫, 따분한데."

후기지수들은 친위대 무사들을 통해 다른 방 안에 구금이 되었다. 황덕칠은 걱정이 되는지 그들을 따라 움직였다.

남궁진상도 가려다가 능사운에게 궁금한 듯 물었다.

"사부님, 그런데 유휼 대장님이 안 보이십니다?"

"왜? 너 유휼이한테도 관심이 있었냐?"

"엑! 그, 그런 농을… 오, 오해입니다."

남궁진상이 비홍 쪽을 보며 손사래를 쳤다. 그러거나 말거나 비홍은 주소연을 모시고 사라졌다.

능사운은 고소한 듯 씩 웃더니 오랜만에 친절을 베풀어 대답해 주었다.

"아직 덜 잡은 고기가 있어서 그거 잡으러 갔다. 왜, 너도 갈래?"

"아, 아닙니다. 전 수련을 해야 해서……."

남궁진상은 힘든 일일 것 같아 부랴부랴 도망치듯 자리에서 사라졌다.

능사운은 나머지 친위대 무사 두 명에게 손짓했다.

"일은?"

"차질 없이 진행되고 있습니다."

"그 배후들을 한번 알아봐. 이건 공손가 애송이 혼자 꾸밀 일이 아니야. 그리고 저기 저쪽에 쥐새끼 한 마리가 아직도 얼쩡거린다."

"네, 확실히 처리하겠습니다."

"그래, 뒤를 부탁하지."

*   *   *

능사운 일행을 군웅대회에 참석하지 못하게 하려는 후기지수들의 음모는 막을 내렸다. 상대를 정확히 알지 못하고 짠 음모는 허술했고, 그 결과는 허무함과 더불어 큰 재앙을 야기했다.

훗날, 군웅대회가 막을 내리게 된 사건이라 붙여진 이 사건의 전말은 정천맹의 상처이자 교훈이 되는 일로 남게 된다.

이 음모를 꾸몄던 후기지수들의 중심인 공손유찬에 대한 비난은 다른 후기지수들에 비해 더 심했으니, 그 이유의 중심에는 그 당시 사건에서 공손유찬이 비겁자로 낙인이 찍힌 부분에 있었다. 그가 사건이 마무리되고 나서 등장해 다른 후기지수들을 내팽개치고 도주한 것으로 알려져 있었다.

능사운 일행으로 인해 음모가 가볍게 파헤쳐지고, 사건이 일단락될 때까지 공손유찬의 행방은 묘연했다.

자세한 내막은 그가 그 장소가 아닌 다른 곳에 다녀오면서부터 시작이 된다.

공손유찬은 계획을 짜고 일행들에게는 심시성의 패자로 군림하고 있는 화산파와 또 다른 구파 중의 하나인 종남파에 군웅대회에 참석해 달라고 청을 하러 갔다 온다고 떠났었다.

그러나 실상 그는 다른 사람들의 이목을 피해 다른 곳에 와 있었다.

지장의 외곽에 위치한 야산.

약초꾼이나 사냥꾼 이외에 사람의 흔적을 찾아보기 힘든 이곳에 일단의 무리가 머물러 있었다.

서른 명 가까이 되는 무리는 모두 흑의를 두르고 복면을 하고 있어 얼굴을 하나같이 알아보기 어려웠다.

그 무리의 수장으로 보이는 자와 공손유찬은 대화를 하고 있었다.

"계획은 차질 없이 진행했습니다. 꼭 이렇게까지 해야 합니까?"

"그를 확실히 옭아매기 위해서는 두 가지 선택권이 있소. 그를 이번에 확실히 제압하든지 아니면 다른 후기지수들을 희생해 무림의 공적으로 제압을 하든지."

"애초의 이야기와 다르잖습니까? 그냥 그들을 군웅대회에 참석하지 못하게끔 하는 것으로……."

"어허, 정천맹에서 생활한 지 오래되서 너무 물러지신 모양이오. 그분께서는 다른 세력보다 천하장에 대한 확실한 것을 얻고 싶어 하신다는 걸 명심하시오."

"그래도……."

공손유찬은 선뜻 내키지가 않았다.

그가 하려는 짓은 누가 봐도 정도의 길을 걷는 자가 아니라 사도의 길을 걷는 자들이 할 일이었다. 능사운 일행을 함정에 빠트린 것이 소문이 나기라도 한다면 정천맹 얼굴에 먹칠을 하는 일이었다.

"본교의 지원을 그새 잊은 모양이오? 이거 참, 짐승 새끼도 은혜를 아는 법이거늘."

"그것이 아니라 저 혼자 결정을 내리기가……."

"우리에게 먼저 도움을 청한 것은 공손가라는 걸 잊지 마시오. 그대들의 충성 서약이 거짓이라고 보고를 드려야 하오이까? 그분께서는 인내심이 그리 많지가 않소이다."

꿀꺽.

공손유찬은 더 이상 망설일 여유가 없었다.

이 사내의 협박대로 공손가는 을의 입장이나 다름이 없었다.

"알겠소. 그럼 후기지수들이 다치지 않는 선에서 마음대로 하시구려. 단, 이번 일은 정천맹의 개입이 없다는 것이 명확해야 하오."

"걱정 마시오. 우린 이런 일에 전문가들이니."

"이비님께는 말씀을 드려야……."

"이미 본교의 사람이 태원에 가 있으니 신경 쓰지 말고 이 일에 집중하시오."

"…알겠소."

공손유찬은 이 일을 공손휘에게 말을 하지 않은 채 진행한다는 것이 목에 걸렸다. 그러나 시간이 촉박하다고 재촉하는 이들을 설득할 자신이 없었다.

무엇보다 아직 이 일을 하는 것이 내키지가 않았다.

"우선적으로 그를 생포하면 우리 쪽에서 준비한 그의 대역이 움직일 것이오. 공자는 대역을 데리고 군웅대회를 가시면 되오. 그것까지가 공자가 해야 할 일이오."

"대역을 말이오?"

"더는 알 것이 없소. 그 정도만 알면 되오."

"…알겠소."

공손유찬은 명령조로 딱딱 말하는 그의 말투에 기분이 상했지만 애써 참았다.

흑의 사내는 하늘을 슥 올려다보니 운을 뗐다.

"계획대로 밤에 움직이겠소. 일단 공자는 가서 작전이 성공했는지 확인을 하고 전서응을 날리시구려. 만약, 작전이 실패했다면 지체 없이 바로 움직일 테니 대비를 해주시오."

공손유찬이 고개를 끄덕였다.

"갈 때도 뒤를 밟히지 않도록 조심하시오. 요 근래 누군가 우리 뒤를 밟는 흔적을… 피햇!"

―슝슝.

공기를 찢는 파공음과 함께 강전(强電)과 같은 화살이 방금 전까지 그들이 서 있던 자리에 박혀 들었다. 화살의 힘이 얼마나 강렬했는지 화살은 땅에 박히고도 그 몸체가 출렁출렁 춤을 추었다.

"암습이다. 대비해랏!"

서른 명의 무리가 황급히 무기를 고쳐 잡고, 화살이 날아온 방향으로 몸을 날렸다.

"끄악!"

"쿠악!"

수풀 안으로 몸을 날린 검은 인영들은 피분수를 토해내면서 다시 튕겨져 나왔다. 개중에는 도륙이 되어 쓰러지는 자들도 속출했다.

"저기다, 저놈들을 막아."

이 와중에도 화살들은 쉴 새 없이 날아와 급소를 노렸다.

암습에 능통한 흑의인들인지라 반대로 이런 암습에 대한 대비가 약했다. 이렇게 노출된 공간 안에서 적들이 몸을 숨기고, 화살과 또 다른 암습을 통해 노리자 맥없이 무너져 내렸다.

화살을 쏘는 자들을 막기 위해 수풀을 점거하려 하자 벌써 절반 가까이의 인원이 줄어들었다.

그래도 적이 화살이 떨어졌는지 화살을 쏘는 횟수가 현저히 줄어들었다. 이 기회를 놓치지 않고, 그들은 반격을 가하기 위해 수풀로 다시 몸을 날렸다.

그러나 그들이 몸을 움직이는 사이 땅거죽에서 검들이 솟아나 그들의 발목을 도륙하고 급소를 찔러 너무나 쉽게 목숨을 취해 버렸다.

"이… 이!"

본인들이 암습을 할 때 주로 하는 기술을 똑같이 당하자 흑의인들은 분개했다. 하지만 분개할 흑의인들은 이제 삼분지 일도 채 남지가 않았다.

공손유찬은 검을 뽑아 들어 화살을 쳐내며 당황한 목소리로 물었다.

"이게 어찌된 것이오?"

"몰라서 묻소? 미행이 붙은 것이오. 그러니 조심을 하라고 일렀건만."

"그럴 리가. 난 계획대로 화산 쪽으로 우회했다가 바로 이곳으로 온 것인데……."

"시끄럽소. 일단 이곳을 탈출하는 것이 급선무요. 내가 길을 열 테니 따라오시오."

"알겠소이다."

흑의인은 적들의 숫자를 제대로 파악을 하지 못했다. 자신들 못지않게 정교한 훈련을 받았는지 공격을 하는 쪽과 방어를 하는 쪽이 너무 완벽해 더 이상 그들을 공격했다간 피해가 속출할 것 같았다.

삐이이—

흑의인이 호각을 불어 퇴각 신호를 보냈다. 이미 열 명도 채 남지 않은 흑의인은 방어 자세를 취하며 퇴로를 찾아 나섰다.

그들이 도주를 하자 매복해 있던 사람들이 하나둘 나타났다.

그들은 놀랍게도 고작 일곱 명뿐이었다.

그들의 중심에는 유휼이 있었다.

"굳이 급하게 쫓지는 마라. 적당히 거리를 두고, 나머지 잔당들을 소탕해라."

"존명!"

여섯의 친위대 무사가 추적을 하러 나섰고, 장내에는 검은 시체들과 유휼만이 남았다.

유휼은 복잡한 표정을 짓고 있었다.

"과연, 장주님의 말씀처럼 다른 노림수가 있었군. 마을에 머무를 때부터 동태를 살피길 잘했어. 헌데 이들은 누구란 말인가?"

공손세가의 무사들이라고 하기에는 말이 되지 않았다. 이런 노출된 공간에서 맥없이 무너져 내려서 하수들로 보일 수 있으나 그들은 숙달된 살수였다.

그들의 목적이나 의도를 제대로 들을 수가 없었다.

아직 유휼의 경지가 천리지청술을 펼칠 정노가 아니라는 점이 아쉬웠다.

"드문드문 듣기로 본교라고 했는데… 그 본교가 마교가 아니라면 역시 그들인가?"

유휼의 얼굴에 근심이 한가득 떠올랐다.

＊　　＊　　＊

능사운 일행은 양천휘의 호위를 받으며 그곳에서 무사히 하루를 보냈다. 전날의 여파로 인해서 그런지 휴식이 휴식 같지 않았지만, 그들은 계획대로 그곳을 떠났다.

전과 달라진 점이 있다면 마차 하나가 더 늘었다.

달구지에 가까운 마차에는 나머지 후기지수들이 점혈을 당하고, 포박을 당한 채 실려 있었다. 다행히 그 마차는 유 휼이 구해온 말 두 마리가 끌었다. 그리고 능사운 쪽의 마 차는 여전히 남궁진상과 황덕칠이 끌게 되었다.

또 다른 변화는 전에 사라졌던 친위대 무사들이 돌아왔 고, 그들의 경계 태도가 예전보다 강화되었다는 부분이다.

태원에 가는 여정 속에서 휴식이 있으면 능사운이 전처 럼 빈둥거리는 것이 아니라 친위대들을 불러모아 몇 가지 잡기들을 전수하는 부분도 달라진 대목이라고 할 수 있다.

황덕칠은 마차가 멈추면 지친 몸을 개의치 않고, 수시로 다른 후기지수들이 타고 있는 마차를 방문했다. 그 노력 덕 분인지 제갈수연과 처음보다 많은 대화를 하게 되었고, 갈 등도 점차 풀려갔다.

남궁진상 또한 틈만 나면 비홍에게 말을 걸었다. 물론 그 럴 때마다 능사운의 경고를 받았지만, 그럼에도 확실히 둘 사이는 가까워지고 있는 모양이었다. 적어도 둘만 있을 때 비홍이 삿갓을 벗고 남궁진상과 대화를 하는 걸 능사운이 몇 번 목격을 했기 때문이다.

　이렇듯 각자 새로운 변화와 발전을 하면서 지루한 여정을 보내며 그들은 어느새 정천맹이 있는 태원에 이르고 있었다.

第八章 위기의 정천맹

天下莊
천하장주

　정천맹 중심에 우뚝 서 있는 비천각(飛天閣).

　오 층으로 이루어진 비천각의 꼭대기 층은 맹주의 집무
실로 정천맹의 수뇌부라 할지라도 쉬이 드나들 수 없는 곳
이었다.

　집무실 안에는 방의 주인인 공손휘가 다소 심각한 얼굴
로 바둑판을 내려다보고 있었다. 흑돌은 궁도사활의 형세
를 취하고 있었다. 홀로 바둑을 두고 있는 그의 손에 이번
엔 흑돌이 들려 있었다.

　어디다 두느냐에 따라 사활(死活)이 달려 있었다.

　바둑판의 형세가 마치 지금의 자신과 닮아 있어 선뜻 두

기에 어려움을 겪고 있었다.

'흐음.'

군웅대회를 앞두고 생각이 많아졌다.

현 무림에서 가장 강성한 세력을 이루고 있는 사강(四强)이 바로 마교, 사황성, 정도련, 정천맹이다. 그 외에 별도로 녹림십팔채와 낭인회 그리고 장강수로연맹이 있지만, 이들은 굳이 따지자면 사파 쪽 세력에 강했다. 세외에는 혈교, 북해빙궁, 독곡 등이 언제든 중원을 호시탐탐 노리고 있었다.

실질적으로 중원에서 백도를 대표하는 곳은 정도련과 정천맹이다. 그러나 이들은 과거의 무림맹 때와 달리 둘로 양분이 되면서 세력이 약해졌다. 무엇보다 정도련은 구파일방과 그의 속가제자들이 세운 문파들로 이루어진 연합이었고, 정천맹은 가문이나 방파 위주의 씨족 중심의 연합이었다.

그런데 여기서 문제는 각각의 세가나 방파들이 묶여져 있어서 개개인은 결속력이 좋지만, 이들을 한데 묶어놓고 보니 그야말로 모래성이나 다름이 없었다.

무림에 큰 싸움이 일어나지 않은 지도 어언 십여 년.

정천맹은 애초에 정의를 수호하고자 하는 목적성을 상실한 지 오래였다. 각각의 가문들은 우위에 서기 위해 노력했다. 이권(利權) 다툼에 눈이 멀어 정천맹의 맹주가 본인의 가문에서 배출되기 위해 혈안(血眼)이 되어 있었다.

공손휘 역시 처음부터 맹주였던 것은 아니었다.

그의 이전에 팔대세가의 으뜸에는 남궁세가가 존재했다. 초기 맹주부터 남궁세가에서 배출되어 왔으며 다른 가문들 역시 모두 인정을 해왔다.

그러나 공손세가에서는 남궁세가가 아닌 그들의 가문이 맹의 중심이 되길 원했다. 공손휘는 자신의 아버지 때부터 맹주가 되기 위해 해서는 안 되는 일도 서슴없이 해왔다. 그 결과 무림십왕의 일인이 되었고, 당당히 공손세가가 맹의 주인이 되었다.

이제 정상에 섰으니, 만족을 해야 했다.

하지만 위에 올라오고 나니 다른 것들이 보이기 시작했다. 자신과 같은 산봉우리에 있는 절대자들이 그를 압박해 왔다. 아래를 살펴보면 다른 세가의 가주들이 호시탐탐 위를 노리고 있었다.

올라오고 나서가 끝이 아니었다. 다시 지키기 위한 싸움이 시작되었다.

가장 큰 적은 역시 남궁세가였다.

남궁세가는 아직도 강성했다. 검존이라는 천하오존의 일인이 가문의 큰 어른으로 뒤를 단단히 받쳐주고 있었다. 물론 가주나 소가주를 비교했을 때는 공손세가가 우세했다. 그럼에도 남궁세가는 무시를 할 수 없는 가문이었다.

이 자리를 지키기 위해 공손휘는 끊임없이 강해지려 노력을 했고, 그의 자식인 공손유찬에게도 강해지기를 요구하고 또 요구했다.

공손세가는 남궁세가에 밀리지 않을 정도로 힘을 기르고 길렀다.

그러는 와중에 변수로 등장한 것은 천하장이었다.

신투의 보물이 있다는 소문이 들리고, 천하장주 능사운이라는 인물로 인해 연일 조용하던 강호가 들끓기 시작했다.

그런데 문제는 그 능사운과 남궁세가가 엮이기 시작했다는 것이다.

무림의 다섯 지존 중 한 명인 검존이 능사운과 의형제를 맺고, 남궁세가의 소가주는 장원에 기거를 하고 있다는 것은 보통 일이 아니었다. 아직 그의 힘을 정확히 파악하지 못했지만, 능사운의 존재는 군웅대회에 변수가 될 가능성이 높았다.

그런 그를 끌어들이기 위해 후기지수들을 보냈다.

이 선택지는 옳은 것일까?

그를 끌어들이기 위해 어떤 노력과 희생을 감수해야 하는 것일까?

능사운을 얻는다면 역으로 대마를 잡고, 큰 집을 지어서 더 이상 넘볼 수 없도록 탄탄한 성벽을 완성할 수 있을지 몰랐다.

문제는 능사운을 남궁세가가 아닌 공손세가의 손님으로 만들 수 있느냐였다.

―탁.

공손휘의 손을 떠난 흑돌이 바둑판 위에 올려졌다.

"흐음."

나지막한 신음과 함께 죽고 말았다.

수를 잘못 계산했는지 공손휘는 다시 흑돌을 거두었다.

아무래도 다시 두어야 할 모양이었다.

이 흑돌은 아직 그의 손에 잡히지 않은 능사운과 같았다.

다시 마음을 가다듬고 바둑판을 내려다봤다.

이미 후기지수들이 능사운 일행을 만났을 것이고, 무언가 지금쯤 답이 내려졌을 것이다. 그 답 여하에 따라 이 판세는 뒤집어지고, 엎어지리라.

공손휘는 다시 손을 움직이려다가 멈칫했다.

그의 예리한 기감에 밖에서 기척 하나가 잡혔기 때문이다.

"들어오너라."

집무실의 문이 열리고, 임무를 하러 나갔던 공손유찬이 들어왔다. 상당히 초췌한 얼굴의 그는 공손휘를 똑바로 보지 못했다.

공손휘는 그런 공손유찬에게 시선을 주지도 않고, 여전

히 바둑판을 내려다보고 있었다.

부자간의 묘한 침묵이 흘렀다.

잠시 후, 공손휘가 바둑판에 흑돌을 내려놓으며 입을 열었다.

"실패한 모양이구나?"

"……."

공손유찬이 털썩 무릎을 꿇고 앉았다. 평소 자신감이 흐르던 그의 모습과는 사뭇 달랐다.

공손휘는 그런 아들의 모습에 주름이 깊어졌다.

"어허, 일어나라. 사내는 쉽게 무릎을 꿇지 않는 법이다. 임무를 실패했다고 한들 너를 책망할 사람은 없느니라."

"…그것이 아니오라……."

"아비가 괜찮다 하지 않느냐? 그런 꼴을 보기 위해 이 자리를 지키고 있는 것이 아니다. 임무에 실패했다고 하여 너무 낙심하지 말거라. 이 기회를 통해 더 절치부심 노력하면 된다."

"……."

공손유찬은 차마 입을 열 수 없었다. 이토록 자신을 믿어주는 아버지에게 어찌 말을 할 수 있단 말인가?

공손휘는 백돌을 집어 들며 입을 열었다.

"신경 쓰지 말거라. 이번 군웅대회도 우리 공손세가가 우승할 것이다. 이미 나에 버금가는 실력자를 식객으로 모셨다. 다만, 남궁세가에 기회조차 주지 않으려고 했거늘."

공손휘는 애시당초 능사운의 무위에 대해 걱정이 없었다. 그의 실력이 검존에 준하다는 소문 따위는 믿지 않았다. 강호는 소문이 과장되게 마련이기 때문에 중원에 뚝딱 나타난 그의 실력이 자신보다 윗줄이었다면 진작 명성을 떨치고 있었을 것이다.

그런 점에서 크게 개의치 않았다. 다만 능사운의 나이가 적다는 점과, 후기지수들과 식객들을 대상으로 한 비무대회인 군웅대회에 가주가 직접 나서지 못한다는 점이 신경이 쓰였다.

하지만 그 문제도 얼마 전에 해결이 되었다.

'본교에서 나온 고수.'

북방에서 며칠 전에 사내 한 명이 왔다. 그의 무위는 자신에 육박할 정도였으며 놀라운 점은 나이가 한참 어렸다는 점이다. 본교에서 그 사내를 식객(食客)으로 보낸 것이었다.

그의 등장으로 천군만마를 얻은 셈이었다.

저번 군웅대회에서도 도움을 받기는 했지만, 이 정도의 도움까지는 아니었다. 그런데 이 정도의 도움을 받는 것은 확실히 능사운이란 새로운 변수 때문이었다. 본교에서는 능사운이 비무대회에 나왔을 때를 대비해서 보낸 것으로 능사운에 대한 관심이 많았다. 특히 군웅대회 동안 다른 무리들을 통해 능사운 일행의 감시를 지시하기도 했다.

본인과 필적한 그 고수의 존재는 공손세가의 보루이자 군웅대회의 필승무기였다.

또 한편으로 능사운을 위한 적절한 조치였다.

공손휘는 그럼에도 능사운을 우리 쪽으로 끌어들일 수 있으면 끌어들이려고 했다. 아직도 온 무림이 천하장을 주목하기 때문이었다. 물론 지금 당장 그것이 성사되지 않았지만, 능사운에게 힘을 보여준다면 나머지의 답도 얻을 수 있을 것이다.

공손휘는 한결 여유롭게 백돌을 집어 들었다.

흑이 아니면 백을 선택하면 된다.

이것이 공손휘의 답이었다.

그러나 공손휘는 바둑판을 너무 쉽게 보았다. 다른 곳에서 새로운 변수가 그를 기다리고 있다는 걸 아직 모르고 있었다.

그가 막 백돌을 두려고 할 때였다.

휘이잉.

작은 바람 소리가 들리는가 싶더니 인영 하나가 나타나 공손휘 뒤에 시립해 있었다.

"무슨 일이길래 말도 없이 나타난 게냐?"

"송구합니다. 사안이 급한지라……."

사내는 공손세가의 눈과 귀라고 할 수 있는 무영단의 단주였다.

무영단의 단주 공손철은 자신의 등장에 안색이 굳어 있
는 공손유찬을 힐끔 살피더니, 이내 공손휘에게 전음을 보
냈다.

공손유찬은 전음의 내용을 모르는지라 전전긍긍했다.

'크으……'

자신감을 넘어선 오만감이 불러온 결과였다.

보고를 듣던 공손휘는 백돌을 꽉 움켜쥐었다. 백돌은 이
내 가루가 되어 휘날렸고, 공손휘는 거기에 그치지 않고 바
둑판을 탁하고 내려쳤다.

두터운 바둑판이 반으로 쩍 갈라지면서 가루가 된 바둑
돌이 휘날렸다.

어떤 불똥이 튈지 몰라 공손유찬은 조용히 입을 다물고
있었다.

공손휘는 자리에서 벌떡 일어났다.

아직까지 무릎을 꿇고 있는 공손유찬의 태도가 이제야
이해가 갔다.

공손휘는 그런 공손유찬에게 아무런 말도 없이 집무실을
나갔다. 공손철이 공손유찬에게 가볍게 고개를 숙여 보이
고는 그 뒤를 따랐다.

이제부터 군웅대회가 아닌 새로운 대회가 그 서막을 알
리고 있는 것이었다.

                    *   *   *

　남궁무진의 명으로 능사운 일행을 마중 나갔던 제왕검대
의 대주 남궁산우는 어렵지 않게 능사운 일행을 찾을 수 있
었다.

　그도 그럴 수밖에 없는 것이 말 대신에 사람이 끄는 인
차(人車)는 단연 사람들의 시선을 끌었다. 거기다가 마차를
끄는 두 사람 중 한 명이 남궁세가의 미래라고 불렸던 소
가주 남궁진상이었기 때문이었다.

　과거라면 이런 수모에 대해 가차 없이 검부터 뽑았으리
라.

　하지만 남궁산우는 남궁진상의 추태한 모습에도 담담한
얼굴로 일관했다. 그리고 자신이 남궁진상의 자리에 있지
않음을 안도해하고 있었다.

　'소가주에게는 미안한 일이지만, 그 지옥 같은 장원을 벗
어나길 천만다행이군. 휴우, 다시 그 악귀를 만나야 한다니
소름이 돋네.'

　가주의 명령만 아니었다면 그리고 상대가 능사운이 아니
었다면 다른 사람에게 마중을 미루고 또 미루었으리라.

　남궁산우는 마음을 다잡고 능사운 일행에게 다가갔다.
그러자 마차를 호위하던 호위무사들이 그들을 가로막기에

이르렀고, 자연히 마차를 이끌고 있던 남궁진상과 남궁산우도 서로를 마주보게 되었다.

'소가주······.'

'크으, 숙부님.'

허공에 둘의 시선이 한데 뒤엉키었다. 남궁산우의 안타까운 눈빛과 남궁진상의 흔들리는 동공이 말을 하지 않아도 많은 대화를 주고받았다. 그리고 그들은 마지막 자존심을 지켜주기 위해 서로가 서로를 못 본 척하는 수밖에 없었다.

남궁산우가 마차 쪽을 향해 공손한 어조로 인사를 올렸다.

"제왕검대 대주 남궁산우입니다."

이상한 마차의 행렬을 구경하고 있던 주위 사람들의 웅성거림이 커졌다. 그만큼 제왕검대라는 말의 무게가 주는 의미가 남달랐다.

하지만 정작 인사를 받은 당사자는 마차 안에서 나올 생각조차 없이 심드렁한 목소리 하나만이 새어 나왔다.

"그래서?"

"가주님의 명으로 먼 길을 오시느라 고생하신 장주님을 이렇게 모시러 왔습니다."

"다 오니까 이제 와서 생색 좀 내시겠다?"

주변에 몰려든 사람들은 남궁세가의 자랑인 제왕검대의

대주를 쩔쩔매게 만들고 있는 능사운의 정체에 대해 수군 거리느라 바빴다.

"그, 그것이 아니오라⋯⋯."

남궁산우는 식은땀을 흘렸다. 천하장에서 겪어본 능사운 의 갈굼은 어지간한 검상이나 내상에 비해 훨씬 더 독했다.

어떤 변명을 늘어놓아야 갈굼이 일찍 끝날지 남궁산우가 머리를 열심히 굴렸다.

그의 그런 노력에 하늘이 도움을 주었을까?

능사운의 갈구는 것은 생각보다 일찍 끝났다. 그는 본래 사람들의 이목을 끄는 것을 좋아하지 않았기 때문이다.

"됐고! 보는 시선도 귀찮으니까 일단 가지."

"예, 옙. 알겠습니다."

마차 안의 능사운을 모르는 사람들의 궁금증을 뒤로한 채 남궁산우의 안내를 받아 능사운 일행이 이내 사라졌다.

*　　*　　*

옛말에 발 없는 말이 천 리를 간다고 했다.

섬서성에서 일어났던 사건은 근처에 있던 산서성 태원까 지 빠르게 전달이 되었다. 특히 군웅대회를 얼마 남지 않은 시점인지라 그 사안은 대단히 민감했다.

군웅대회에 참가하기 위해 모여든 사람들의 입방아에 연

일 그 이야기가 오고 내려갔다.

그중에서 천명왕의 딸인 주소연의 존재와 그녀를 데리고 군웅대회에 오고 있는 능사운에 대한 관심이 높아졌다. 또 한편으로 팔대세가 중 여섯 가문에 대한 이야기가 큰 화제를 모았다.

아직까지 명확한 진위 여부가 밝혀지지 않아 그 이야기는 더욱 과장되고, 부풀려져 가고 있었다.

산서성 태원에 위치한 한 장원.

이 장원은 제갈세가에서 태원에 마련한 임시 거처로 이곳에 공손세가를 제외한 황보세가, 사천당가, 서문세가, 진주언가의 다섯 가문 가주들이 은밀히 회동을 가졌다.

그들이 이렇게 모인 것은 가문의 미래라고 할 수 있는 후기지수들과 향간에 떠도는 소문에 대한 문제 때문이었다.

제갈세가의 가주 제갈윤이 무거운 어조로 운을 뗐다.

"다들 보고를 받으셨지요?"

"…그렇습니다."

다른 가주들의 얼굴들은 하나같이 어두웠고, 근심이 가득해 보였다.

언양심의 입에서 탄식이 새어 나왔다.

"허허, 이런 일이 일어나다니."

"그러게 말입니다. 사절단으로 간다던 아이들이 그런 일을 벌였을 줄이야. 대체 그런 무모한 짓을 벌인 까닭을 이해하기 어렵습니다."

황보극은 이번 일의 정확한 진상규명이 필요하다는 걸 넌지시 언급했다. 그러면서 그는 사천당가의 가주인 당우진 쪽을 슥 노려봤다.

당우진은 그 눈빛이 불쾌했는지 역정을 냈다.

"아니, 왜 그런 눈으로 보시오? 우리 아이가 지금 일부러 공주를 암살하려고 독이라도 썼다는 것이오? 우리 당가는 독을 쓰는 데 있어 신중하오이다."

"그럼 공주 독살 사건이라고 떠도는 저 소문의 이름은 무엇이란 말이오? 이번 사안의 핵심은 공주를 독살하려고 했단 것이오."

"뭐요? 이번 일의 책임을 모두 우리 당가에게 떠넘기려는 수작이오? 그리된다면 내 가만히 있지는 않을 것이오!"

당우진이 냉기가 뚝뚝 묻어나는 목소리 이외에도 언제든지 용독이라도 할 것처럼 자세를 잡았다. 이에 지지 않고, 황보극도 두 주먹을 불끈 쥐었다.

이야기가 전혀 진행이 되지 않고 분란으로 이어지자 이를 서문중달이 제지하고 나섰다.

"그만들 하시구려. 우리끼리 싸운다고 하여 뾰족한 방안이 나오는 것이 아니외다."

"그렇소이다. 누가 더 잘못했는지 시시비비를 가리기 위해 모인 것이 아니잖소. 가득이나 이번 일로 우리 팔대세가는 풍전등화나 다름이 없소."

나머지 사람들 역시 서문중달의 말에 힘을 실어주자 두 가주는 고개를 홱홱 돌리며 싸움을 멈추었다.

어느 정도 정리가 되자 제갈윤이 다시 입을 열었다.

"정확한 진상 규명이 된 것이 없습니다. 다만 이번 일로 입는 타격은 클 것입니다. 정천맹을 지킨다는 명분으로 우리 가문들의 입지는 좁아지게 될 것이며, 더 안 좋은 상황은 이번 일에 대한 책임을 지게 되면 황실로부터 많은 압박을 받게 될 것입니다."

"흐음."

"크음. 이걸 어찌해야 한단 말이오?"

제갈윤은 최근에 근심 때문에 너무 많이 만져서 닳아질 것 같은 수염을 쓸어내리며 이어서 말했다.

"멸족지화의 길을 면하기 위해서는 우선적으로 책임의 무게를 덜 필요가 있소이다. 보고에 따르면 이번 일을 계획한 것은 공손가의 공손유찬이고, 일을 계획하고 코빼기도 비치지 않은 것이 공손유찬이란 점을 이용해야지요."

"공손가를 건드려도 괜찮겠소이까?"

그에 대한 대답은 서문중달이 제갈윤을 대신해 대답했다. 그는 계산적인 사람으로 가문 간의 의리보다 실리를 추구하는 사람이었다.

"이번 일의 원흉은 공손가에 있다고 해도 무방하외다. 최근 몇 년간 정천맹의 총사로 있으면서 공손가를 보필했지만, 공손가는 우리와 다르오. 그들은 한배를 탔다고 생각을 한 것이 아니라 우리를 그냥 노쯤으로 생각하고 있소. 무엇보다 그들은 다른 세력과 손을 잡고 있는 것 같은데 아직 그 실체를 잡지 못했소. 이것만 밝혀낸다면 우리가 짊어질 책임은 줄어들게 될 것이며 그 책임의 무게는 정천맹의 맹주직을 하고 있는 공손가에서 부담할 것으로 보이오."

"나도 그 의견에 동의하오. 사실 공손가가 자기들 잇속 챙기기 바빴지, 팔대세가를 위해 한 일이 무엇이오? 우리도 애초부터 남궁세가나 팽가처럼 적당한 선을 유지했어야 하오. 큼큼, 물론 이 모임이 나쁘다는 것은 아니지만, 일이 이렇게 터졌음에도 맹주는 코빼기도 비추지 않고 출타 중이지 않소?"

공손세가에 서로 잘 보이려고 했던 가주들이 서둘러 공손가에 대한 비방을 이야기하며 동조를 표했다. 이것이 현 정천맹이라는 조직이 가지는 문제점이기도 했다.

서문장천이 그 구체적인 방안에 대해 더 언급했다.

"일단 소문들은 걷잡을 수 없이 커지고 있소이다. 더 늦기 전에 이 일의 주동자 중 공손유찬이 있었고, 다른 후기지수들은 그것이 대의를 위한 일이라고 여겨 따랐을 뿐이라는 내용을 알려야 하오. 그다음에 이번 일의 당사자인 주소연 공주에게 사람을 보내어 이번 일에 대한 사죄와 그에

걸맞는 보상으로 급한 불을 꺼야 할 것이오."

"일리가 있는 말씀이오. 사실 이건 후기지수들이 독단적으로 한 일이었고, 그 중심에는 공손유찬이 있었으니까. 하아, 정말 이번에 비싼 돈을 내서 깨달음을 얻는 모양이오."

"그건 그렇다고 치고. 우리 아이들은 어떻게 해야 하오? 듣기로 천하장주 일행들이 구금하고 있다고 들었소만."

제갈윤이나 서문장천은 그 부분에 대한 답을 선뜻 하지 않고 미루었다. 그러자 성미가 급한 당우진이 말을 꺼냈다.

"그거야 간단하지 않소? 우리가 가서 데려오면 되는 것이 아니요? 남궁세가 쪽에 머무르고 있다고 하니 공주께 사죄를 드리고 가서 데리고 옵시다."

"흐음, 그 문제는 말처럼 그리 간단한 문제가 아니외다."

"간단치 않다니?"

"일단 이 일의 장본인으로 죄를 지은 아이들이오. 그렇다 보니 확실한 용서를 받기 전까지 아이들을 데리고 오는 것은 무리가 있을 것 같소. 무엇보다 천하장주란 자가 아이들을 관부에 옥살이를 시키는 것이 아니라 직접 이곳까지 데리고 온 의중을 아직 파악하지 못했소이다."

"옳으신 말씀이오. 내 마음도 당장 아이를 데리고 와 집에서 따끔하게 혼을 내주고 싶건만 상황이 많이 좋지 않소이다. 일단 황실의 분노를 풀면서 직접 찾아가 공주에게 사

죄를 하는 것이 먼저일 것이오. 그다음에 아이들의 신변을
인도받기 위한 협상이 진행되어야 할 듯싶소."

"어허, 이거 참. 가문의 미래라고 하는 아이들이 죄인 취
급을 받고 있다니. 어디서부터 이렇게 일이 꼬였는지 참으
로 후회가 막심하오."

"이번에 팔대세가에 우리 가문 모두가 유지되는 것은 현
실적으로 힘들 것이오. 그러니 멸족지화를 면하고 가문이
유지되는 것에 감사하는 것이 맞을 겁니다."

가주들은 참담한 표정을 지었다.

그러나 현실적으로 그들이 할 수 있는 일은 그리 많지가
않았다. 이야기는 길어졌고, 나오지 않은 대책에 답답함은
커져 갔다. 그리고 분노의 대상은 능사운 쪽이 아니라 공손
세가 쪽을 향했다.

제갈윤은 어느 정도 이야기를 정리하며 군웅대회에 대한
언급을 했다.

"다들 아시다시피 이번 일로 우리는 군웅대회에 참석하
기가 어렵소이다. 가문의 미래라는 아이들이 저런 상태이
고, 무엇보다 군웅대회가 열리면 득보다 실이 많을 것이오.
그러니 군웅대회의 개최를 미루든지 아니면 없애서 다른
방안으로 맹주와 팔대세가를 선출하게 하도록 해야 할 것
이오."

"흐음, 그래도 벌써 다른 가문들에서 많이들 모였는데 군

웅대회를 취소할 수 있겠소이까?"

"새로운 이름의 군웅대회를 열도록 해야지요. 그 자리에서 공손가의 만행에 대한 이야기를 언급하며 맹주에 다른 사람을 추대하고, 아쉽지만 우리도 팔대세가의 자리에서 어느 정도 물러난다면 비난은 많이 종식될 것이오."

서문장천의 말에 제갈윤이 동의를 표하며 은밀한 제안을 꺼내 들었다.

"아시다시피 남궁세가에서 이번에 가지고 있는 비장의 무기는 천하장주요. 이번 일의 중심에도 천하장주가 있소이다. 또 이 천하장주는 공주와 천명왕부와의 중심 다리이지요. 하여 우리는 남궁세가의 가주를 통해 천하장주의 마음을 돌려놓을 계획을 세워야 하오."

"흐음, 그렇다는 말은…?"

"이 중에서 맹주 자리에 욕심이 나는 분이 계십니까?"

다들 침중한 얼굴로 고개를 가로저었다. 그들이 아무리 탐욕적인 사람일지라도 이미 배가 상했는데 무리하게 음식을 먹을 정도로 바보들은 아니었다.

"그럼 제 계획은……."

그들은 멸족지화를 피하기 위한 길로 남궁세가와 능사운 쪽에 집중하기 시작했다.

*　　　　*　　　　*

능사운이 장원에 도착하자 남궁무진은 하나뿐인 아들은 거들떠보지도 않고, 버선발로 뛰쳐나와 그를 맞이했다.

갖가지 호화로운 음식을 대접하고, 편히 쉴 수 있도록 최대한 배려를 했다. 특히 주소연의 무리한 요구에도 대인배가 된 것처럼 뭐든지 다 들어주었고, 다른 친위대 무사들의 피로를 풀어주기 위해 갖은 노력을 다했다.

남궁무진이 이렇게까지 하는 이유는 단 하나였다.

정천맹의 맹주가 되기 위함이었다.

능사운 일행이 사흘 정도 여독을 풀고 나자 본격적으로 이야기가 진행이 되었다.

남궁무진 역시 향간의 소문에 대해 듣고 있었다. 또한 능사운 일행이 그들만 온 것이 아니라 몰골이 말이 아닌 후기지수들을 데리고 올 때 소문이 사실임을 알게 되었다. 자세한 내막은 그의 아들인 남궁진상을 통해 전해 듣고 남궁무진은 며칠 동안 연회를 열 정도로 신이 나 있었다.

하지만 방금 능사운의 말을 듣고 그의 얼굴에 웃음기가 사라졌다.

"예? 군, 군웅대회를 열지 않게 한다니요? 그, 그럼 정천맹을 망하게 하시겠다는 겁니까?"

"뭐, 그런 셈이지."

정천맹이 없으면 지금까지 노력은 수포로 돌아가게 된

다. 남궁무진은 다른 가문들이 몰락했다는 사실에 즐거워했지만, 설마 일이 이렇게 될 줄은 미처 몰랐다.

"구, 굳이 그렇게까지 할 필요가 있겠습니까?"

"가주는 맹주가 되고 싶어?"

"그야… 되면 좋은 것이고, 이게 다 우리가 좋은 일로⋯⋯."

능사운의 직접적인 말에 남궁무진은 부정도 긍정도 아닌 모호한 대답을 했다.

그의 대답은 긍정에 가까웠다.

능사운도 그의 속내를 이미 훤히 꿰뚫고 있어 그가 듣고 싶어 하는 말을 해주었다.

"손자가 말하길, 싸우지 않고 승리하는 것이 전술 중에 최고라고 했어. 그러니 굳이 군웅대회의 번잡한 것들을 해봐야 시간 낭비라는 이야기지."

"하지만 이미 많은 가문이 모였습니다."

"그들이 모인다고 해도 군웅대회는 열리지 않아. 아마도. 이번 일로 정천맹의 수뇌부는 머리가 복잡들 할 거야. 가문의 미래인 아이들이 이런 상태인데 군웅대회를 굳이 열 필요가 없지. 나라도 안 열겠다. 공손가가 아무리 힘이 크다고 하지만, 다른 팔대세가의 동의를 구하지 않고는 독단적으로 움직이지 못해. 그러니까 군웅대회는 실질적으로 열리지 않는다고 봐야지."

"그럼…?"

남궁무진은 군웅대회를 열지 않고 정천맹의 맹주가 될 수 있을지 의문이 들었다.

"그거야 간단해. 여기 우리가 인질들을 잡고 있으니 부모라는 인간들은 나타나게 마련이야. 그들이 내걸 수 있는 보상 중의 하나가 맹주직에 대한 거겠지. 공손가에 악감정이 생긴 그들로서는 크게 손해 보는 장사가 아니니까."

"가주들로 인해 추대가 된다는 것입니까?"

"수뇌부로 인한 추대는 영향력이 없지. 그놈들로 인해 정천맹이 흔들리고 있으니까. 하지만 여전히 그들의 힘은 필요해. 그들을 이용해 반 공손세가 연합을 만들어야지. 그리고 남궁세가 대 공손세가의 대치 구조를 가져가면서 공손가를 무너뜨리면 당연히 다른 가문들도 남궁가를 지지하겠지. 그러니까 이건 군웅대회의 문제가 아니라 공손세가와의 싸움이 될 거야. 원래부터 핵심은 그거였잖아?"

남궁무진은 능사운이 무슨 말을 하는지 비로소 이해가 되었다. 그 역시 군웅대회의 가장 큰 숙적은 공손세가로, 다른 가문들을 등에 업은 공손가를 이겨내기가 어려웠다. 그런데 그런 방패막이 사라진 순수한 공손세가와 싸움을 하자는 이야기에 솔깃했다.

"과연, 대단하십니다."

"대단은 개뿔. 이미 정천맹은 너무 썩어 있어. 맹이라고 부르기에도 조직력이 약해. 새로 판을 짜야 해. 그 중심에 남궁세가가 있고, 정말로 정천맹을 도와줄 가문들을 불러 모아야지. 그렇기 위해서는 일단 형님도 모셔야 할 거야."

"…숙부님을요?"

남궁무진은 검존인 남궁백상의 이야기가 나오자 웬일로 난처한 표정을 지었다.

능사운은 그의 얼굴 표정을 읽고 생각을 알아냈다.

"왜? 설마 형님이 맹주로 추대될까 봐 겁나?"

"그, 그럴 리가요."

"뜨끔하기는. 형님은 그런 것에 신경 쓰지 않아. 형님을 모시는 것은 공손가에 다른 배후가 있는데 그 배후에 대한 대비야. 또 하나, 기존의 팔대세가 외에 정천맹의 초기부터 힘이 있는 가문들을 선별하는 데 형님의 눈이 필요하지. 그러니까 괜히 헛물켜지 말고 모셔와."

"알겠습니다."

남궁무진의 얼굴이 좀 환해지면서 고개를 끄덕였다. 그에게 검존의 존재는 든든한 가문의 버팀목이자 넘을 수 없는 산이었다.

능사운은 대충 앞으로의 일을 간략히 설명을 해주었다. 자세히 설명해 줘봤자 오로지 맹주직과 권력의 중심에 서고자 하는 남궁무진에게는 쇠귀에 경 읽기였다.

이야기가 마무리되면서 능사운은 본인에게 가장 중요한

이야기를 언급했다.

"그래, 이건 그렇게 마무리하고. 내 동생들은 찾았어? 왜 아무런 소식이 없지?"

"최선을 다해 찾고 있습니다. 저번에도 두 명 정도를 찾았는데 모두 도망치는 바람에⋯⋯."

"그래서 아무도 못 찾았다?"

"지금도 가문의 정예들이 온 중원을 찾아 헤매고 있습니다. 조만간 좋은 결과가 있을 것입니다."

"이거 참, 실망스러운데? 난 이렇게 남궁가를 정천맹의 중심으로 만들어주기 위해 노력하는데 겨우 이 정도라니. 다른 가문을 알아봐야 하나?"

"아, 아닙니다. 조금만 더 시간을 주십시오. 제가 맹주가 된다면 정천맹의 모든 힘을 동원해서라도 동생 분들을 먼저 찾아드리겠습니다."

능사운은 완전히 만족스럽지 않았지만 일단은 넘어가기로 했다.

"그래, 알았어. 동생 문제는 이번 일이 끝나는 대로 확실히 하도록 하지."

"네."

"앞서 말한 것처럼 공손가가 어떤 수를 들고 나올지 몰라. 그러니 대비를 단단히 해두는 것이 좋아. 그리고 조만간 올 수뇌부는 내가 만나서 담판을 지을 테니 그 점은 걱정하지 말고."

"알겠습니다."

"그럼 난 피곤해서 이만."

능사운은 기지개를 켜며 자리에서 일어났다.

이로써 그가 구상하던 장기판에 장기 말들을 대부분 세운 것이었다. 아직 상대 진영의 말 중에서 보이지 않은 말들이 있겠지만, 그거야 직접 두어봐야 아는 문제였다.

'너무나 조용해. 조용한 것 뒤에는 무언가 웅크리고 있게 마련이지.'

능사운은 이번 정천맹의 일로 그것을 끄집어낼 생각이다. 그로 인해 무림에 피바람이 불지라도 무림을 흔들어야 했다.

"장원엔 관심도 못 가지게 할 거야. 앞으로 삼 년. 무림은 시끌벅적해지겠지."

                    *   *   *

하오문 악양 지부장 손두호는 능사운이 천하장을 떠나고 나자 세상을 다 얻은 기분이었다. 실제로 그가 떠나자 그를 괴롭힐 만한 사람은 없었다.

물론 총타에서 능사운에 대한 정보를 계속 요구하여 새로이 정보를 만들어내는 것을 제외하고는 편안한 날의 연

속이었다.

고요함 뒤에는 더 큰 폭풍우가 있게 마련이다.

능사운이 정천맹으로 가면서 연이어 내는 사고로 인해 그의 일이 다시 바빠졌다. 그나마 다행인 것은 바로 옆에서 불똥이 튀지 않는다는 것이었다.

하지만 그것도 그리 얼마 가지 않았다.

능사운이 없는 천하장에서 친위대의 무사들이 몇십 통이나 되는 서찰을 가져왔다. 능사운의 명령으로 이것들을 각 세력과 문파들로 보내라는 명령이 하달되었다. 그것도 전처럼 은밀하고 신속하게 아무도 모르는 것처럼 보내라는 것이다.

하오문 악양지부의 인원은 몇백 명이 아니라는 점에서 손두호는 그걸 보내기 위해 정말 죽을 각오로 움직여야만 했다. 또한 능사운의 지시는 그로부터 하루가 멀다 하고 내려왔다.

"왜 하필 나냐고, 왜?"

능사운은 다른 친위대 무사나 하인들이 있음에도 불구하고 계속적으로 일을 시켜왔다. 그로 인해 손두호는 정말 죽을 맛이었다.

다행히 일이 마무리가 되고 평화가 찾아왔다.

하지만 그건 순간 소나기가 멈춘 것이지 그의 인생에 또 다른 비가 내렸다.

그건 일남일녀의 등장 때문이었다.

"천하장이 어디냐?"

천하장을 찾는 많은 무인 중에 한 명이겠거니 싶어 천하장에 대해 안내를 해줬다.

그런데 거기서 끝이 아니었다.

천하장에 능사운이 없음을 알게 된 그들은 딱 봐도 힘든 여정을 한 것 같은데 능사운의 행방을 묻더니 정천맹으로 간다고 했다.

"예? 저는 여기를 총괄하는 사람으로… 흐익!"

"세상에서 사라지면 이곳 지부장도 못하겠지?"

끄덕끄덕.

손두호는 얼음장같이 차가운 여자와 호방하게 웃는 사내의 안내꾼이 되어 그토록 피하고 싶은 능사운을 찾는 여정에 올랐다.

'으아아아! 망할 놈의 세상. 내가 전생에 그놈에게 무슨 죄를 그리 많이 지었길래.'

능사운은 그에게 피할 수 없는 존재였다. 마치 아침에 뜨는 태양이자 저녁에는 떼려야 뗄 수 없는 그림자가 같다고 할까?

*　　　　*　　　　*

청해성 서녕(西寧)의 서쪽에는 청해의 눈물이라고 불리는 청해호(靑海湖)가 탁 트인 푸른 초원 옆으로 시원하게 펼쳐져 있었다.

하늘 위로 철새들이 시커먼 무리를 지어 배회하고 있었다. 한 마리가 청해호로 몸을 날리니 이어서 우루루 청해호로 몸을 날렸다. 삽시간에 청해호는 검은 철새로 가득 차기 시작했다. 새들은 푸른 청해호를 하늘로 착각한 듯 날개를 푸덕였고, 잔잔한 물결이 일어나 주변을 가득 채우니 실로 장관이었다.

이 사이를 가로질러 작은 배 한 척이 유유히 떠 있었다.

배에는 초로의 노인이 뱃전에 걸터앉아 낚싯대를 드리우고 있었다.

노인은 뱃전에 앉아 푸른 물결로 가득한 청해를 바라보고 있었다. 그의 검은 눈이 수평선 너머 어딘가를 쫓고 있었다. 바람에 백발(白髮)과 백염(白鹽)이 휘날리는 노인에게서 느껴지는 것은 평온함 그 자체였다.

잠시 후, 수면 위로 작은 호선들이 옅게 그려졌다.

노인의 입이 살짝 달싹였다.

"이리 오너라."

노인이 앉아 있는 뱃전의 뒤로 작은 배 하나가 나타났다. 작은 배는 빠른 속도로 미끄러지듯이 노인의 배 쪽으로 다가왔다.

배는 빠른 기세로 나아가 노인의 배를 그대로 지나치는 가 싶었다.

그때 노인이 낚싯대를 사뿐히 들어 올렸다.

그러자 빠른 속도로 지나쳐 가려던 작은 배가 무언가에 걸린 듯 더 이상 나아가지 못하고 멈추어 섰다.

배 안에는 지독하게 못생긴 추남이 한 명 앉아 있었다. 사내는 초점이 정확치 못한 사팔뜨기에 얼굴 위로 곰보 자국이 가득해, 보는 이로 하여금 눈살을 절로 찌푸리게 했다.

곰보 사내가 일어나 노인을 향해 읍을 취했다.

"미천한 종이 주인님을 뵙습니다."

노인은 여전히 낚싯대를 드리운 쪽으로 시선을 둔 채 중얼거렸다.

"그래, 그자는 확보했나?"

"그게… 공손가의 애송이가 뒤를 밟히는 바람에 오히려 다른 세력에 의해 당하고 말았습니다."

"노부가 듣고 싶은 말이 아니구나."

"죽여주십시오."

곰보 사내가 사색(死色)이 되어 황급히 엎드렸다. 그러자 가뜩이나 작은 배가 뒤집어질 듯이 흔들렸다.

노인이 낚싯대를 살짝 돌렸다.

거세게 흔들리던 곰보 사내의 쪽배에 흔들림이 멈추었다.

"그만. 바로 앉거라."

"가, 감사합니다."

"지금까지의 상황을 말하거라."

"보고에 따르면 천하장주 일행은 태원에 도착했다고 하옵니다. 능사운은 이번 일을 역이용해 정천맹을 장악하고 있는 중으로 보입니다."

"공손가는?"

"그것 때문에 저희에게 연락이 왔습니다. 어찌할지에 대해 답을 청하고 있습니다."

"흐음."

노인의 얼굴은 무표정했다.

"우리가 공손가에 들인 노력이 어느 정도지?"

"근 십 년 가까이로 본교의 혈전사 백 명을 키우는 것과 맞먹습니다."

"그런데 결과물은 이렇다?"

노인은 불편한 심기를 표정이나 어투에서 드러내지 않았지만, 그 무미건조한 말이 더 큰 공포로 다가왔다. 곰보 사내는 노인의 심기를 건드리지 않는 선에서 능사운에 대한 부분을 언급했다.

"능사운이란 자는 무위뿐만 아니라 심계도 대단한 자였습니다. 신투의 행방을 쫓는 일도 중요하지만, 그자의 정체를 먼저 알아낸다면 본교에서 가장 먼저 신투에 접근하는 길로 사료되옵니다."

곰보 사내의 보고를 들으며 노인은 조용히 생각에 빠졌다. 고요하던 무림이 요동을 치는 것은 천하장 때문이었다. 그런데 그 장원보다 이제는 장원의 장주인 능사운 때문에 무림이 들썩이고 있다. 확실히 능사운의 존재는 그 어떤 세력도 명확하게 알아내지 못하고 있었다.

"능사운이란 자에 대해 어느 정도까지 알아냈지?"

"그자가 신분을 숨기고 있다는 것은 대부분 아는 사실입니다. 저희는 그자가 신투의 숨겨진 자가 아니었을까 싶어 그쪽으로 조사를 진행 중입니다."

"신투는 아무도 믿지 않은 사내지. 그렇기 때문에 지금까지 살아올 수 있었던 것일 테고. 한데 그런 신투가 제자를 들였다?"

"……."

곰보 사내는 대답을 하지 못했다. 자신에게 다가올 화(禍)에 대한 두려움과 초조함 때문인지 초점이 없는 눈을 주체하지 못하고 좌우로 빠르게 움직였다.

노인은 백염을 쓸어내리며 허허롭게 웃었다.

"허허, 먹이가 없어서인지 고기가 낚이지 않는구나."

그 말이 채 끝나기도 전에 노인의 배 선미 부근에서 검은 연기가 스르르 피어났다.

곰보 사내가 처음 보는 괴이한 광경에 놀라 눈을 부릅

떴다.

검은 연기의 정체가 확실히 보일 때가 되자 곰보 사내의 몸에 더욱 놀라운 변화가 나타났으니,

누군가 바람을 불어넣은 건지 몸이 점점 비대하게 커졌다. 마치 부풀어 오른 풍선이 언제 터질지 모르는 것처럼 위태위태해 보였다.

곰보 사내가 비명을 내질렀다.

그러나 이미 그의 오공에서 붉은 피가 주르륵 흘러내렸다.

"어, 어. 사, 살려… 크악!"

거대하게 부푼 그의 몸이 흡사 벽력탄처럼 터졌다. 청해호에 피와 육편들이 비처럼 쏟아져 내렸다. 푸르던 물결이 적색으로 물들었다.

노인은 여전히 뱃전에 앉아 무심히 낚싯대를 뒤적였다.

"낚싯대를 드리운 지 십 년이거늘. 어찌하여 원하는 고기가 잡히지 않을꼬?"

배의 선미에 나타난 검은 연기는 노인의 심복인 묵파였다.

묵파를 휘감고 있던 검은 연기가 일렁이더니 그 안에서 묵직한 중저음이 새어 나왔다.

"보고는 대부분이 맞습니다. 능사운이란 자로 인해 정천맹이 쑥대밭이 되었습니다."

"그래? 요즘 들어 능사운이란 이름을 더 자주 듣는구나. 노부는 능사운이란 아해가 신투의 물건을 찾은 것이 아니면 신투 본인일지도 모른다고 생각이 드는구나. 너는 어찌 생각하느냐?"

"오 할입니다."

"허허, 흥미롭구나. 능사운이란 놈이 신투라면 일이 재미있게 흘러갈 수도 있겠구나. 다만 황실에서 흔적이 끊겼다던 신투와 그 공주와 연관성은 무엇일꼬?"

"가장 확실한 것은 그자를 잡는 것입니다."

"그럴 테지. 정천맹에 그 아이가 가 있느냐?"

"예, 공손가의 식객으로 가 있습니다."

"끌끌, 또 다른 떡밥을 던져보자꾸나. 이번엔 제대로 된 고기가 꼬여야 할 터. 아니라면 내 친히 낚싯대를 중원에 들이대겠노라."

"주군께서 움직이지 않도록 최선을 다하겠나이다."

"그래, 아직은 시기가 아니야. 이번엔 확실히 움직여야지, 변수를 만들어서는 아니 되느니라."

"명심하겠습니다."

이제야 노인은 만족스러운 미소를 지었다.

그의 손이 낚싯대를 들어 올리자 성인 남자의 팔뚝만 한 크기의 물고기가 펄떡 뛰어 올랐다.

그런데 괴이하게도 노인의 낚싯대에는 줄이 걸려 있지

않았다. 이대로라면 물고기는 다시 떨어져 물속으로 사라져 버릴 터. 낚싯대를 든 노인의 손이 재차 움직였다.

낚싯대가 허공을 갈라 고기의 입부터 꼬리까지 정확히 관통해 버렸다. 물고기는 자기가 죽었는지도 모르고 그때까지 열심히 지느러미와 아가미를 움직였다.

노인의 입에서 자조 섞인 목소리가 새어 나왔다.

"흘흘, 자신이 잡힌 것인지 모르는 어리석음은 고기나 사람이나 같구나."

이 모습을 지켜보던 묵파가 입을 열었다.

"주군, 이번 정천맹의 문제는 어떻게 할까요?"

평소에 전혀 질문을 해오지 않는 그다.

그가 노인에게 장원에 대해 물어온다.

노인의 얼굴 위로 여러 가지 복잡한 표정이 떠올랐다. 그가 윗입술을 아랫입술에 밀어 넣었다. 무언가 고민을 할 때 하는 그의 오래된 습관 중 하나였다.

다시 노인의 입술이 정상으로 돌아왔다. 그리고 그가 말문을 열었다.

"하나의 낚싯대를 오래 드리우고 있으면 고기가 계속 잡히지는 않는 법. 이제는 새로운 것으로 바꾸어야 할 테지."

노인이 낚싯대를 한 번 털었다. 물고기의 몸뚱이가 반으로 갈라져 떨어졌다. 이어서 노인의 입에서 튀어 나온 말 역시 망망대해(茫茫大海)같이 아득한 청해의 물결 위로 떨어져 내렸다.

"정리하거라."

"존명!"

묵파를 휘감고 있던 검은 연기가 옅어지는가 싶더니 이전과는 비교도 안 될 정도로 검게 타올랐다.

*   *   *

태원에서 진중으로 이어지는 강이 있었다.

이 거대한 강의 이름은 중천호로, 사람들이 자주 이용하는 수로가 아니었다. 대부분 육로를 이용하기 때문에 배를 이용하는 사람이 드물었다.

중천호 위에 큰 배 하나가 떠있었다.

연회용의 목적이 아닌지 시끌벅적하지도 않았고, 여행객들을 실은 배가 아니었는지 조용히 수면 위를 흘러가고 있었다.

선상 위에는 일남이녀가 타고 있었다.

그들은 능사운과 주소연, 그리고 말자였다.

아직까지 정천맹에서 명확한 움직임을 보이지 않아 빈둥거리는 나날이 많아졌다. 주소연은 이것이 좀이 쑤시는지 참지 못하고 허구한 날 졸라대었다. 그리고 이것이 그 결과물이었다.

"이제 만족하시오?"

"응, 응! 얼마나 좋아. 달도 있고, 별도 있고!"

주소연이 해맑게 웃자 능사운은 별다른 대꾸 없이 벌러덩 선상 위에 누웠다. 그러자 말자가 옆에 따라 눕더니 옆구리를 콕콕 찔렀다.

"왜 나한테는 안 물어요?"

"그래, 넌 좋냐?"

"뭐, 나쁘진 않아요."

주소연도 잠시 머뭇거리더니 능사운 옆에 따라 누웠다. 세 사람은 배 선상을 침상 삼고, 하늘을 이불 삼아 밤하늘의 정취를 느꼈다.

밤하늘에 수놓아진 별들이 쏟아져 내릴 것처럼 가깝게 느껴졌다.

주소연은 그것이 신기했는지 손을 뻗어 잡는 시늉을 몇 차례 했다.

"장주! 나 별 좀 따줘."

"난 달."

"에효, 내가 저걸 딸 수 있으면 여기 있겠어? 그전에……."

'…동생들부터 찾았겠지.'

능사운은 뒷말을 그냥 삼켰다.

요즘 들어 인간이 자신이 가진 숙명을 쉽게 벗어나지 못한다는 사실을 깨닫고 마음이 무거워졌다. 무공의 경지는 올라가는데 그것을 통해 깨닫는 것은 예전에 무심코 지나치던 내용인지라 더 아쉬움과 진한 후회가 남았다.

주소연이 입을 삐죽거렸다.

"피, 무슨 남자가 그래?"

"난 원래 그러니까 딴 놈 알아보시오."

"싫어."

"너도 그만 따라다니고, 집에 가서 시집이나 가."

"흥! 내 마음대로 할 거거든요."

두 여자는 능사운의 그런 말이 섭섭하게 느껴졌다. 그리 길지는 않았지만, 천하장에서부터 지금까지 지지고 볶고 한 시간이 얼마인가?

그 시간을 생각하면 이제는 좀 더 가까워져야 하는데 세 사람은 다 서툴렀다. 어떻게 표현하고, 어떻게 마음을 열어야 하는지 몰랐다.

한동안 세 사람 사이에서 침묵이 흘렀다.

물고기가 폴짝거리는 소리가 들리기를 몇 번.

능사운이 나지막이 입을 열었다.

"지금은 아무것도 아니야. 앞으로 더한 위험이 내 옆을 따를 거야. 난 그래도 살 수 있어. 지금까지 그렇게 살아왔으니까. 하지만……."

능사운은 말끝을 흐리다가 이어서 말했다.

"너희까지 책임질 여유가 없어."

두 사람은 그 말에 대답을 하지 못했다.

잠시 후, 평소 주소연이 먼저 말을 꺼내야 말을 하던 말자가 입을 열었다.

"그래서 하고 싶은 게 뭔가요?"

"하고 싶은 거라……."

"무림의 왕이 될 거야?"

주소연의 뜬금없는 이야기에 능사운은 피식 웃더니 이내 평소 그답지 않게 크게 웃었다.

"하하하핫. 뭐, 그것도 나쁘지 않은데 그건 너무 귀찮아."

"그럼 무엇하러 이렇게까지 하는 건데?"

"한때 천하제일인이 되어보려고 한 적은 있었지. 그래서 그것만 보느라 다른 것들을 보지 못했어. 지나고 나서 그게 다 부질없는 것임을 알게 되자 정작 중요한 것을 잃었다는 걸 알게 되었어."

"중요한 것?"

"그래, 중요한 것. 그 중요한 것을 그냥 얻을 수는 없더라."

능사운은 아직까지 속 시원하게 자신의 속내를 털어놓지 못했다. 그러나 그의 어조가 진지했고 슬픔이 묻어났기에, 양옆의 두 사람은 묵묵히 이야기를 들어주었다.

"다시 찾고 싶어. 이번에 찾으면 잃어버리지 않게 크고 단단한 집을 만들 거야. 누구도 건들지 못할 그런 견고한 집을."

"오래 걸려?"

"빨리 하고 싶은데 쉽지가 않네. 귀찮은데 피할 수가 없어. 이번 일도 그렇고 앞으로 일어날 일들은 내가 짊어져야 만들어질 수 있겠지. 뭐, 만든다고 해도 거기에 들어갈 중요한 것을 구하지 못할 수도 있지. 그래도 지금은 이게 최선이야. 내가 할 수 있는 최선."

"그럼 나도 그 집에 넣어주면 안되나?"

주소연이 불쑥 던진 말에 능사운은 살짝 움찔했다. 이어서 말자가 하는 말에 능사운은 서늘한 밤바람이 따뜻하게 느껴졌다.

"기다려 줄게요. 나도 좀 넣어줘요."

"야! 내가 먼저거든."

"흥! 웃기시네."

잠시 감상에 잠겨 있던 능사운은 곧 두 여인이 평소에 너무나 자주하는 다툼에 그냥 피식 웃어버리고 말았다.

그들은 대답할 기회를 주지 않고 싸우느라 바빴다.

능사운은 슬그머니 자리에서 일어나 선미로 향했다. 배가 지나가고 남은 강의 흔적이 이내 사라졌다.

대체 얼마나 가야 흔적이 남는 것일까?

능사운은 어두운 밤하늘을 올려다보며 중얼거렸다.

"아직 가야 할 길이 많이 남았구나. 그때까지 기다려 줄 수 있겠니?"

『천하장주』完

천하장주를 마치며······.

　1년이 넘는 시간 만에 4권이 책으로 나와서 많이 놀라셨
으리라 생각이 됩니다.

　너무 오래되어 전권의 내용이 기억이 나지 않으셔서 책
을 거들떠보지 않으실 분도 많을 거라 생각이 됩니다.

　그것에 대해 작가로서 독자님들의 모진 말을 들어도 할
말이 없습니다.

　오랜 기다림 끝에 나온 4권인데 그것도 시장이 어렵고,
작가가 쓰기 힘들다고 하여 벌써 완결이란 이야기가 나올
거라 생각이 됩니다.

4권의 마지막 부분을 보면 아직 진행 중이고, 나와야 할 사건들이 많습니다.

　원래 7권 이상을 기획하고 쓴 글이라 급 전개를 하여 마무리를 할까 싶었지만, 그냥 그대로 흐름을 진행하며 이야기를 마쳤습니다.

　실질적으로 여기까지 1부 내용의 완결이라고 해두고 싶습니다.

　천하장주를 처음 썼던 것이 벌써 2년 전의 일이 되었네요. 1, 2권을 내고부터 3권까지 무난하게 냈었는데 4권을 1년이 넘는 시간에 책으로 내게 되다니.

　이 글을 읽는 독자 분들께는 정말 죄송하고, 뭐라 드릴 말씀이 없습니다.

　천하장주를 집필하면서 많은 일들이 있었습니다. 많이 살지는 않았지만, 인생에서 가장 추운 시기를 겪어봤고, 삶이 얼마나 힘든지 고찰할 수 있는 시간들을 보냈습니다.

　그것이 글을 통해 표현이 되고, 독자 분들과 소통이 되어야 하는데 잘되지 않아 아쉬움이 남습니다.

　이건 다 제가 작가로서 가지고 있는 자질의 부족함에서 비롯된 일이라고 생각합니다.

　언제 뒤의 내용을 이어서 쓸지 모르겠습니다. 그렇지만 제가 죽기 전에는 꼭 뒤에 나올 2부 내용의 원고는 쓰리라 다짐하고 있습니다.

그것이 비록 책으로 나오지 못한다고 해도 아직 제 마라톤은 끝이 나지 않았습니다.

사실 1년이 넘는 시간 동안 글을 쓰질 못했습니다. 슬럼프도 있었고, 여러 가지 사정들을 핑계로 미루었습니다.

그 점 때문에 주위 사람과 출판사와 독자님들께 죄송하게 생각합니다.

그중에서 올해 사고로 갑자기 돌아가신 아버지께 너무나 죄송하고, 또 죄송한 마음이 큽니다. 저에게 가장 큰 독자이신 아버지는 더 이상 이 완결권을 보시지 못하고, 앞으로 제가 쓰는 글을 보시지 못한다는 걸 생각하면 정말 후회가 됩니다.

게으름과 나태함으로 글을 열심히 쓰지 않은 제가 작가라고 불리는 것은 옳지 않은 것 같습니다.

처음 장르문학 읽기를 좋아하고, 표현하기 좋아하는 사람으로 다시 돌아가려고 합니다.

다시 처음부터 장르문학을 즐기고 사랑하는 마음으로 시작하려고 합니다.

그것이 이제까지 작품 활동을 하지 않고, 허비했던 시간에 대한 저의 사죄일 듯싶습니다.

천하장주에 대한 뒷이야기는 종이책이 아니라도, 전자책으로라도 꼭 내도록 하겠습니다.

그때가 된다면 보다 더 성숙한 글과 독자님들과의 약속

을 어기지 않은 성실한 작가로 돌아오겠습니다.

그때까지 몸 건강히 기다려 주시면 감사하겠습니다.

오래 기다리게 해드려서 다시 한 번 죄송합니다.

목염 올림.

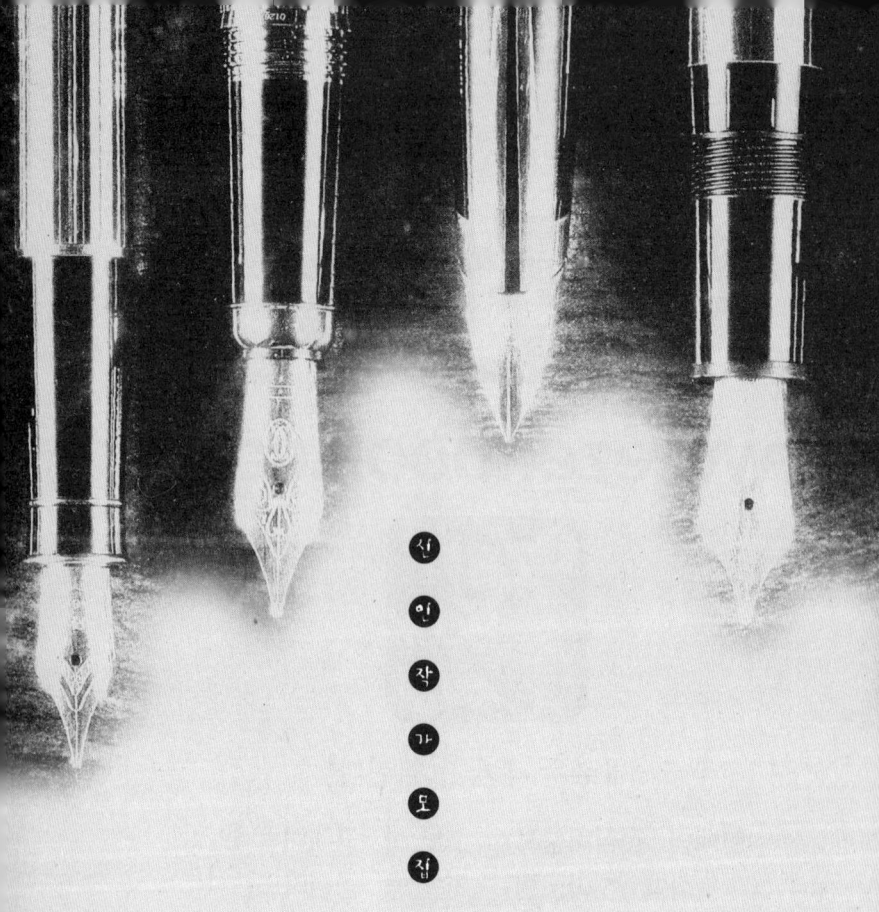

신
인
작
가
모
집

시작이 반이라고 했습니다.
작가의 길에 대한 보이지 않는 벽을 과감히 깨뜨리십시오!
청어람은 작가 지망생 여러분들의
멋진 방향타가 되어드리겠습니다.

저희 도서출판 청어람에서는
소설 신인 작가분들을 모집합니다.
판타지와 무협을 사랑하시는 분들의 많은 참여를 바랍니다.
소정의 원고(A4용지 150매)를 메일이나 우편으로 보내주시면
검토 후 출판 여부를 알려드리겠습니다.

주소:경기도 부천시 원미구 심곡2동 163-2 서경B/D 2F 우편번호 420-822
TEL:032-656-4452 · **FAX**:032-656-4453
http://www.chungeoram.com
e-mail:chungeoram@chungeoram.com

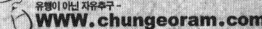

허담 新무협 판타지 소설

FANTASTIC ORIENTAL HEROES

수선경

水仙經

작은 샘이 바다로 모여들 듯,
만류의 법이 하나로 회귀하듯,
다섯 개의 동경이 드디어 하나로 모인다.

검을 만드는 사람과
검을 쓰는 사람,
그리고 검을 버리는 사람의 이야기!

천명을 타고 태어난 청풍과 강검산
그리고 혈로를 걸어온 살수 타유,
그들이 다섯 줄기의 피의 숙명과 마주한다.

Book Publishing CHUNGEORAM

유행이 아닌 자유추구 -
WWW.chungeoram.com

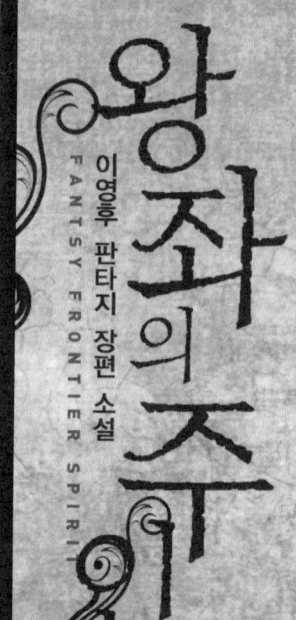

작가 이영후가 선보이는 야심작!
가슴을 떨어 울리는 판타지가 찾아온다!

『왕좌의 주인』

세계를 몰락 위기로 몰았던 이계의 절대자들
그들의 유적이 힘을 원한 자들을 불러들이고…
그 힘을 취한 어둠은 암암리에 세계를 감쌀 뿐이었다.

"세계를 구원할 것은 너뿐이구나."

어둠을 걱정한 네 영웅은 하나의 희망을 키워낸다.
이계 최강의 절대자 티엔마르.
그리고 이 모두의 힘을 이어받은 새로운 존재…
은빛의 절대자 레오!

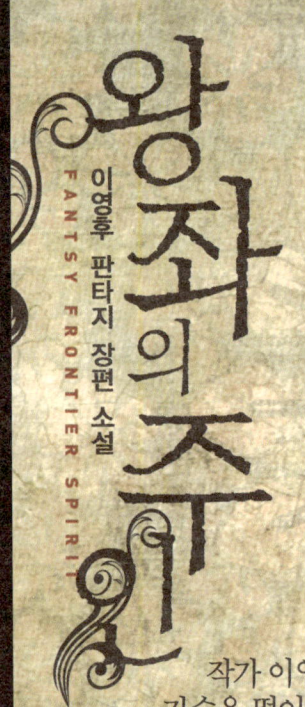

이영후 판타지 장편 소설

FANTSY FRONTIER SPIRIT

작가 이영후가 선보이는 야심작!
가슴을 떨어 울리는 판타지가 찾아온다!

『왕좌의 주인』

세계를 몰락 위기로 몰았던 이계의 절대자들
그들의 유적이 힘을 원한 자들을 불러들이고…
그 힘을 취한 어둠은 암암리에 세계를 감쌀 뿐이었다.

"세계를 구원할 것은 너뿐이구나."

어둠을 격정한 네 영웅은 하나의 희망을 키워낸다.
이계 최강의 절대자 티엔마르.
그리고 이 모두의 힘을 이어받은 새로운 존재…
은빛의 절대자 레오!

FUSION FANTASTIC STORY

버퍼
Buffer

이영균 장편 소설

사귀던 연인에게 이별 통보를 받은 어느 날,
송염을 찾아온 기이한 인연……

『버퍼』

처음 보는 노신사와
그가 내민 소주잔… 아니 손길.

"난 그 힘을 버프라고 부른다네."

의문의 힘은 송염에게 이어지고

"…그리고 이젠 자네가 버퍼일세."

지구 유일의 버퍼, 송염!
그 위대한 발걸음에 주목하라!

Book Publishing CHUNGEORAM

유행이 아닌 자유추구 -
WWW.chungeoram.com

눈매 新무협 판타지 소설

가면의 마존

FANTASTIC ORIENTAL HEROES

『가면의 레온』『무적문주』『신필천하』의 작가
눈매 新무협 판타지 소설

『가면의 마존』

중원을 공포에 떨게 만든 희대의 악마, 혈마존.
혈마존의 혼을 잃어버린 염라께는 결국 레온의 영혼을
혈마존의 몸에 집어넣는데!

'내, 내가… 그렇게 흉악한 사람이었다니! 믿을 수가 없어!'

기억을 잃은 채 혈마존의 몸에 부활한 레온.
본성이 착한 레온은 천하의 악인이 되어
혈마교를 이끌어야 하는데……

"아무래도 여긴 나랑 안 맞아!"

Book Publishing CHUNGEORAM

유행이 아닌 자유추구 -
WWW.chungeoram.com